KB023606

동사의 삶

동사의 삶

최준영 지음

브런치북

세상이 문장이라면
저의 삶은 동사입니다

긴 시간 책과 함께 살았습니다. 새로운 도전에 달뜨던 시절에도, 실의에 빠져 아무것도 할 수 없었던 때에도 변치 않는 습관은 책을 읽고 글을 쓰는 것이었습니다. 책읽기와 글쓰기는 저의 살아있음의 유일한 증거였지요. 책을 읽으면 반드시 그에 대한 글을 썼습니다. 그렇게 열심히 썼더니 주변에 소문이 났던 모양입니다. 덕분에 잇따른 실패로 좌절했던 저에게 새로운 기회가 찾아왔습니다.

2005년 성프란시스대학(최초의 노숙인인문학 강좌)에 참여하면서 인문학 강의를 시작했습니다. 이듬해부터 관악인문대학(관악자활)과 마리아의 집(미혼모 시설), 공공도서관과 대학원 등을 돌며 지금껏 줄기차게 강의하고 있고요. 그보다 앞서 방송에 출연할 기회도 생겼습니다. 2004년 경기방송에서 첫 방송을 했고, 그 뒤 SBS 라디오와 교통방송, YTN, MBC 등으로 옮겨 다니며 10여 년 동안 주로 책 소개 코너를 진행했지요.

KBS 라디오 〈명사들의 책읽기〉에서도 출연제안이 왔을 때였습니다. 책 소개야 늘 하던 일이었지만 '명사들의 책읽기'라는 프로그램 이름이 걸리더군요. 선뜻 응하지 못했죠. 아무리 생각해 봐도 저는 명사(名士)가 아니었으니까요. 명사는 '세상에 널리 알려진 사람'이라는 뜻인데, 일천한 방송경력과 몇몇 인문학강좌에 참여한 것쯤으로 명사를 자임할 수 없었던 거죠.

"저는 명사가 아닙니다. 굳이 따지자면 동사의 삶에 가깝고요. 학위도, 소속대학도 없이 그저 떠돌아다니면서 강의하고 있으니까요."

'동사의 삶'이라는 말이 재미있었나 봐요. 그러니 꼭 나와달라더군요. 그때 무심결에 던졌던 그 말, '동사의 삶'이 여기까지 따라 왔네요. '동사의 삶'은 지나온 삶에 대한 저 나름의 정리이면서 동시에 앞으로 나아갈 삶의 지표이기도 하죠. 지금껏 그랬던 것처럼 앞으로도 삶의 현장을 뛰어다니며 책을 읽고 글을 쓰고 강의해야지요.

저는 동사입니다.
동사의 삶을 살았지요.
동사의 삶은 멈추지 않는 삶이에요.
실패하고 좌절해도, 넘어지고 쓰러져도 다시 일어서는 삶이고요.

동사의 삶은 알아주지 않는다고 화를 내지 않아요.
세상과 소통하기 위해 끊임없이 공부하는 삶이고요.

동사의 삶은 안주하는 삶이 아니에요.
도전하는 삶이죠.

동사의 삶은 척박한 현실을 비관하지 않아요.
현실을 바꾸기 위해 열심히 뛰어다니는 삶이거든요.

이 책에 실린 짧은 글들은 300여 일 동안 '최준영의 뚜벅뚜벅'이라는 이름으로 페이스북에 연재했던 것이에요. 제 삶의 기록이자 사유의 편린들이죠. 얼핏, 이깟 글이 무슨 책이 될까도 싶지만, '매일 쓰기의 힘'을 보여준다는 의미는 있겠다 싶어요. 내용을 분류해 보니 주로 책 이야기고, 이따금 우리말 안내도 했고, 더러 정치와 시사, 사는 이야기도 섞여 있네요. 그동안 꾸준히 "좋아요" 눌러주신 분, 댓글 달아주신 분들 덕분에 지치지 않고 이어왔고 또 이어가고 있어요. 그분들의 마음도 책에 담겼기를 바라요.

매일 글을 쓰려니 늘 글감을 고민했어요. 부득이 예전에 썼던 글을 고쳐서 다시 올리기도 했고, 수십 수백 권의 책에서 인상 깊은 문장들을 길어왔고요. 책에서 길어온 문장에 저의 생각을 덧붙이는 식으로 소박한 단상을 지었지요. 이 자리를 빌려 인용한 책의 저자님들께 고마움과 존경의 마음을 전합니다.

모쪼록 이 짧은 글들이 누군가의 가슴에 작은 울림이기를 바라요. 단번에 읽어버리는 책이 아니라 이따금 삶이 공허하고, 마음이 허전할 때 아무 쪽이나 펼쳐서 천천히 읽는, 그런 책이기를 바라요. 무엇보다 300여 일 동안 '최준영의 뚜벅뚜벅'과 함께 해준 페이스북 친구들에게 작은 보답이었으면 좋겠어요.

2017년 가을이 깊어가는 날
최준영 올림

배 / 우 / 다 /

PART 3

쓰
다

PART
1

/ 배 / 우 / 다 /

첫 문장

'인상적인 첫 문장'으로 시작하는 글(혹은 책) 하면 어떤 것이 떠오르나요?

> "하나의 유령이 유럽을 떠돌고 있다. 공산주의라는 유령이."
>
> — 마르크스 엥겔스, 《공산당 선언》 첫 문단

> "헤겔은 어디에선가 세계사적으로 매우 중요한 사건이나 인물들은, 말하자면, 두 번 나타난다고 썼다. 그러나 그는 이렇게 덧붙이는 것을 잊었다. 첫 번째는 비극으로, 두 번째는 소극으로."
>
> — 마르크스 엥겔스, 《루이 보나파르트의 브뤼메르 18일》 첫 문단

"오늘 엄마가 죽었다."

— 알베르 카뮈, 《이방인》 첫 문장

《고종석의 문장》고종석 지음, 알마 출간에서 소개하는 첫 문장들이에요. 베르나르 키리니Bernard Quiriny의 소설집 《첫 문장 못 쓰는 남자》베르나르 키리니 지음, 문학동네 출간의 첫 문단은 또 이렇게 시작되죠.

"첫 문장, 그것이 문제였다. 수년 전부터 구상해왔던 책을 쓰기로 결심한 날, 굴드가 고민한 건 바로 그것이었다. 그는 백지를 앞에 놓고 완벽한 첫 문장을 찾느라 몇 시간을 흘러보냈다. 금방이라도 글을 써내려갈 듯이 끊임없이 만년필촉을 종이 위에 갖다 대고 손목을 부드럽게 풀면서 첫 글자의 획을 그어보려 했지만, 글을 시작하기 위한 최고의 방법이 있을 거라는 확신 때문에 신경이 쓰여 매번 멈추고 말았다……."

소설의 화자인 굴드 역시 프랑스 문학 가운데 가장 유명한 첫 문장을 가진 책으로 카뮈의 《이방인》알베르 카뮈 지음, 민음사 출간과 마르셀 프루스트Marcel Proust의 《잃어버린 시간을 찾아서》마르셀 프루스트 지음, 민음사 출간의 첫 문장 "오랫동안 나는 일찍 잠자리에 들었다"를 꼽고 있어요.

도저히 첫 문장을 쓸 수 없어 고민하던 주인공 굴드는 두 번째 문장부터 쓰기로 하죠. 그러나 그게 두 번째 문장이라는 걸 밝히기 위해서는 역시 첫 분상이 필요하죠. 이 말도 안 되는 이야기를 풀어내는 작가의 솜씨가 여간 섬세한 게 아니에요. 문장을 고민하는 사람이라면, 특히 첫 문장 쓰기에 애를 먹는 사람이라면 키리니의 소설을 한번쯤 읽어볼 필요가 있을 듯해요.

"첫 문장이 어려워요. 그것만 해결되면 글이 술술 풀릴 것 같은데……." 주변에서 많이 들어온 말이에요. 그에 대한 제 나름의 조언은 이렇고요.

첫째, 너무 좋은 문장으로 시작하려 하지 마라. 둘째, 구상이 덜 된 글, 즉 머릿속에서 충분히 무르익지 않은 글은 쓰지 마라. 더 생각한 뒤에 쓰기 시작하라. 셋째, 훌륭한 첫 문장을 가진 글은 첫 문장 뒤에 이어지는 문장들도 훌륭하다는 걸 잊어서 안 된다. 전체적인 글이 훌륭해야만 첫 문장도 돋보일 수 있는 거다.

—2016. 12. 15

제목이 아름다운 책들

어떤 책은 제목만으로 문학이고 철학이에요. 밀란 쿤데라의 《참을 수 없는 존재의 가벼움》밀란 쿤데라 지음, 민음사 출간, 니체의 《짜라투스트라는 이렇게 말했다》프리드리히 니체 지음, 민음사 출간, 버트런드 러셀Bertrand Russell의 《인간과 그 밖의 것들》버트런드 러셀 지음, 오늘의책 출간, 지그문트 바우만Zygmunt Bauman의 《고독을 잃어버린 시간》지그문트 바우만 지음, 동녘 출간, 정목스님의 《달팽이가 느려도 늦지 않다》정목 지음, 공감 출간 등은 그 자체로 철학의 화두이자 웅숭깊은 사유라 할 만하죠.

김연수의 《파도가 바다의 일이라면》김연수 지음, 문학동네 출간과 《사월의 미, 칠월의 솔》김연수 지음, 문학동네 출간, 은희경의 《다른 모든 눈송이와 아주 비슷하게 생긴 단 하나의 눈송이》은희경 지음, 문학동네 출

간, 조세희의 《난장이가 쏘아 올린 작은 공》조세희 지음, 이성과힘 출간,
브레히트Bertolt Brecht의 《살아남은 자의 슬픔》베르톨트 브레히트 지음, 한
마당 출간, 페터 빅셀Peter Bichsel의 《나는 시간이 아주 많은 어른이 되
고 싶었다》피터 빅셀 지음, 푸른숲 출간, 이제하의 《나그네는 길에서도
쉬지 않는다》이제하 지음, 문학동네 출간, 이광호의 《지나치게 산문적인
거리》이광호 지음, 난다 출간 등은 말이 필요도 없이 '그냥' 문학이고요.

시집을 거론하지 않을 수 없네요. 역시 제목 그대로 시이면서 노
래인 것들이 있죠. 류시화의 《외눈박이 물고기의 사랑》류시화 지음,
열림원 출간과 《그대가 곁에 있어도 나는 그대가 그립다》류시화 지음, 열
림원 출간나 정호승의 《슬픔이 기쁨에게》정호승 지음, 창비 출간와 《외로
우니까 사람이다》정호승 지음, 열림원 출간 등이 그렇고, 서정주의 대표
시 100선을 모은 책 《무슨 꽃으로 문지르는 가슴이기에 나는 이리
도 살고 싶은가》서정주 출간, 윤재웅 편저, 은행나무 출간 역시 빼놓을 재간
이 없죠.

신형철의 평론집 역시 문학의 철학성, 혹은 문학적 사유의 정수
를 직감하게 하지요. 《몰락의 에티카》신형철 지음, 문학동네 출간와 《느
낌의 공동체》신형철 지음, 문학동네 출간라니 말이죠.

그 외 외서에도 인상적인 제목을 가진 책이 많아요. 무라카미 하
루키의 《채소의 기분, 바다표범의 키스》무라카미 하루키 지음, 비채 출간,
유진 오닐Eugene Gladstone O'Neill의 《밤으로의 긴 여로》유진 글래스드스
톤 오닐 지음, 민음사 출간, 줄리언 반스Julian Barnes의 《사랑은 그렇게 끝
나지 않는다》줄리언 반스 지음, 다산책방 출간, 쓰루가야 신이치鶴ヶ谷 真

一의《책을 읽고 양을 잃다》쓰루가야 신이치 지음, 이순 출간(소리 나는 대로 읽어보시라), 움베르토 에코의《세상의 바보들에게 웃으면서 화내는 방법》움베르트 에코 지음, 열린책들 출간, 스펜서 존슨Spencer Johnson의《누가 내 치즈를 옮겼을까?》스펜서 존슨 지음, 진명 출간 등이 그렇지요. 마거릿 미첼Margaret Mitchell의《바람과 함께 사라지다》마가렛 미첼 지음, 열린책들 출간나 테네시 윌리엄스Tennessee Williams의 희곡《욕망이라는 이름의 전차》테네시 윌리엄스 지음, 민음사 출간도 **빼놓을 수 없을** 테고요.

내 맘대로 마음에 와 닿았던, 인상 깊었던 책제목의 순위를 매겨봤어요.

1. 《파도가 바다의 일이라면》,《사월의 미, 칠월의 솔》
2. 《다른 모든 눈송이와 아주 비슷하게 생긴 단 하나의 눈송이》
3. 《나는 시간이 아주 많은 어른이 되고 싶었다》
4. 《나그네는 길에서도 쉬지 않는다》
5. 《참을 수 없는 존재의 가벼움》
6. 《지나치게 산문적인 거리》
7. 《외로우니까 사람이다》
8. 《그대가 곁에 있어도 나는 그대가 그립다》,《외눈박이 물고기의 사랑》
9. 《채소의 기분, 바다표범의 키스》
10. 《책을 읽고 양을 잃다》
11. 《달팽이가 느려도 늦지 않다》

12. 《밤으로의 긴 여로》

13. 《욕망이라는 이름의 전차》

14. 《인간과 그 밖의 것들》

15. 《욕망의 에티카》, 《느낌의 공동체》

16. 《난장이가 쏘아올린 작은 공》

17. 《살아남은 자의 슬픔》

18. 《고독을 잃어버린 시간》

19. 《누가 내 치즈를 옮겼을까?》

20. 《바람과 함께 사라지다》

21. 《무슨 꽃으로 문지르는 가슴이기에 나는 이리도 살고 싶은가》

22. 《짜라투스트라는 이렇게 말했다》

23. 《세상의 바보들에게 웃으면서 화내는 방법》

PS. 감히 위대한 책의 대열에 낄 엄두를 내서는 안 되겠으나, 나의 졸저 《책이 저를 살렸습니다》최준영 지음, 자연과인문 출간, 《결핍을 즐겨라》최준영 지음, 추수밭 출간, 《어제 쓴 글이 부끄러워 오늘도 쓴다》최준영 지음, 이지북 출간 등도 떠올려 봅니다. 제목만큼은……. 오오, 나의 불경죄를 용서하세요.

—2016. 12. 17

김남주 〈전사 1〉

시민강좌에서 애송시를 적어오라는 과제를 내줬더니 어떤 40대 청년이 김남주의 〈전사1〉을 써냈더군요. 다소 어눌한 목소리를 가진 그에게 직접 낭송하라고 했더니, 그는 더듬더듬 그러나 뚝뚝 묻어나게 읽어 내려갔죠. 그가 제출한 시는 이것 말고도 하나가 더 있어 그것 역시 낭독케 했지만, 차마 여기에 옮겨놓을 자신은 없네요. 〈전사2〉죠.

문득 김남주의 시를 떠올리는 이 아침, 날씨는 왜 이리도 맑고 푸르른 건지요. 우리들의 현실은 얼마나 지독한 역설인가요. 별것도 아닌 일로 죽자 사자 헐뜯고 서로 내치는 이 치졸하고 옹색한 현실에서 차마 혁명시인 김남주를 떠올리기가 무참하네요. 저는 이 시를 소리 내어 낭독할 자신이 없어요. 대신 슬며시 올려놓고 외면하려고요.

일상생활에서 그는
조용한 사람이었다
이름 빛내지 않았고 모양 꾸며
얼굴 내밀지도 않았다

무엇보다도 그는
시간엄수가 규율엄수의 초보임을 알고
일분일초를 어기지 않았다
그리고 동지 위하기를 제몸같이 하면서도
비판과 자기비판을 철두철미했으며
결코 비판의 무기를 동지 공격의 수단으로 삼지 않았다
조직생활에서 그는 사생활을 희생시켰다
조직의 이익을 위해서라면 모든 일을 기꺼이 해냈다
큰 일이건 작은 일이건 궂은 일이건 가리지 않았다
그리고 아무리 하찮은 일이라도
먼저 질서와 체계를 세워
침착 기민하게 처리해 나갔으며
꿈속에서도 모두의 미래를 위해
투사적 검토로 전략과 전술을 걱정했다

이윽고 공격의 때는 와
진격의 나팔소리 드높아지고
그가 무장하고 일어서면

바위로 험한 산과 같았다

적을 향한 증오의 화살은

독수리의 발톱과 사자의 이빨을 닮았다

그리고 하나의 전투가 끝나면

또 다른 전투의 준비에 착수했으며

그때마다 그는 혁명가로서 자기 자신을 잊은 적이 없었다.

—김남주, 〈전사1〉

—2017.05.17

우리 소설을 읽자요^^

열악한 번역 환경을 생각하면 한강의 맨부커상 수상은 도리 없이 '한강의 기적'이라 해야겠네요. 덕분에 우리 문학에 대한 관심과 사랑이 살아나기를 바라고요. 거칠고 무식하게나마 우리 소설문학의 다채로운 풍경을 그려 보려 해요. 부디 '한강의 기적'이 일회적 사건에 머물지 않기를 바라면서죠.

- 핍진한 문학적 감수성을 맛보고 싶으시다면 [김연수]와 [윤대녕], [이순원]을 읽으시라.
- 공부와 재미를 동시에 만끽하면서 자신의 마음까지 들여다보시려거든 [김형경]을 읽으시라.
- 성실한 취재에 바탕한 정확한 묘사의 맛을 즐기시려거든 [정유정]

과 [한수영]을 읽어보시라.

- 기발한 상상과 발상의 전환, 한바탕 웃음 끝의 뭉클한 감동을 원하신다면 [천명관]과 [성석제], [이기호], [박민규], [김종광], [박형서]를 읽으시라.

- 근성 있는 역사의식, 문체의 아름다움을 즐기시려거든 [김훈]을 읽어보시라.

- 짙은 문학적 감성과 조우하려거든 [김승옥]을 읽으시라.

- 가독성 최고의 탄탄한 스토리텔링과 새로운 관점의 역사소설을 맛보시려거든 [이정명]과 [조두진]을 찾아보시라.

- 아련한 추억과 조우하고 싶으시다면 [은희경]을 읽어보시라.

- 상상과 현실의 괴리를 메우는 놀라운 솜씨를 엿보고 싶으시다면 [천운영]을 읽어보시라.

- 우리 문학의 현재적 성취를 확인하고 싶으시다면 [김애란]을 읽어보시라.

- 청춘의 열정을 되새기고 싶으시다면 [권여선]과 [공선옥]을 읽어보시라.

- 한국형 '칙릿'의 맛을 느끼시려면 [정이현]과 [백영옥]을 읽어보시라.

- 여성의 성에 대한, 혹은 농염한 혹은 일그러진 형상을 접하시려면 [전경린]과 [김이설]을 탐독하시라.

- 누가 뭐라든, 눈치 볼 것도, 망설일 것도 없이 우리 소설문학의 한 경지인 [신경숙]도 외면하지 마시라.

- 청춘의 좌절과 고뇌, 그럼에도 여전히 희망을 놓지 않는 모습을 보시려거든 [장강명]을 읽으시라.

- 고단한 한국 여성의 과거와 현재를 엿보시려거든 [최은영]과 [조
남주]를 읽어보시라.

—2017. 5. 18

내 마음을 움직이는 문장

"아르헨티나로 최초의 야간 비행을 하던 날 밤, 들판 여기저기 드문드문 흩어져 있는 불빛들이 마치 별처럼 깜빡이던 캄캄한 밤의 인상이 지금도 내 눈에 선하다. 그 불빛 하나하나가 이 어둠의 대양 속에도 인간의 의식이라는 기적이 깃들어 있음을 알려 주고 있었다. 이 보금자리 속에서 사람들은 읽고, 생각하고, 속내 이야기를 되뇌고 있을 것이다. 딴 집에서는 공간의 계측에 애를 쓰고, 안드로메다 좌의 성운에 의한 계산에 열중하고 있을지도 모른다.

또 저기에서는 사랑을 속삭이고 있을 것이다. 띄엄띄엄 그 불빛들은 저마다의 양식을 찾아 들에서 반짝이고 있었다. 그중에는 시인의, 교원의, 목수의 불빛 같은 아주 얌전한 것도 있었다. 그러나 이 살아있는 별들 가운데에는 또한 얼마나 많은 닫혀진 창들이, 꺼진 별들이, 잠든 사람들이 있을 것인가…… . 서로 맺어지도록 노력해야 한다. 들판에서 띄엄띄엄 타오르고 있는 이 불빛들의 어느 것들과 마음이 통하도록 해야 한다."

안재성의 《인생을 바꾸는 글쓰기》안재성 지음, 목선재 출간에 나오는 《인간의 대지》생텍쥐페리 지음, 펭귄클래식코리아 출간의 일부분이에요. 읽다 보니 저절로 몇 년 전 《야간비행》생텍쥐페리 지음, 더클래식 출간을 읽던 때의 전율이 되살아나는 느낌이네요.

좋은 문장이란 흔히 발로 쓴 문장이거나 진심이 담긴 문장이라고 하죠. 얼핏 그럴듯하게 들리지만 상투성의 함의를 벗기 힘든 말이죠. 내 생각에 좋은 문장이란 깊은 사유 혹은 의식의 심연에서 길어 올린 문장이에요.

생텍쥐페리의 문장은 한번 읽었을 땐 감응이 오지 않아요. 그러나 그가 인간 의지의 한계에 도전했던 것처럼 그의 문장을 읽는 이 또한 의식의 밑바닥을 겪어본 뒤라면 도리 없이 감응하게 되죠. 결국 좋은 문장이란 여러 사람이 좋다고 하는 문장이 아니라 바로 지금 내 마음을 움직이는 문장이에요.

—2017.06.15

각하, 문학을 읽으십시오!

노회찬 의원님, 지난번 주신 책을 귀히 잘 읽었습니다.

제가 원래 황현산 선생님의 맑은 글을 좋아하는데,

더러 신문에 실린 글을 조각조각 읽다가

이렇게 모아서 보니 울림이 더 큽니다.

시대의 비천함을 함께 마음 아파하고

더러 못생긴 것, 낮게 놓여있는 것, 투박하거나 소박한 것을 향하는

선생님의 따뜻한 시선을 언제나 좋아합니다.

'어디에나 사람이 있다'는 것을 찬찬히 알려주시는 시대의 어른으로부터

함께 살아가는 지혜를 배웁니다.

선생의 글 구절구절에서 지의 처지를 생각해봅니다.

새 시대가 열린 줄 알았는데, 현실은 여전히 아픈 일들로 가득합니다.

저야말로 이제는 "그 책임을 어디로 전가할 수도 없는 처지"에 이르러서 마음만 공연히 급해집니다.

그러니 이 나라가 "정의로운 세상을 만들겠다는 염원을 버리지 않고, 인간답게 살기를 애쓰는 백성이 있어, 옛날과는 많이 달라진 세상이 되었다"는 믿음을 가지고 멀리 보고 찬찬히 호흡하겠습니다.

앞으로, 우체국 창구를 뛰어넘을 때 같은 충동이 많이 일겠습니다.

그때마다 화를 내는 대신, 커피 한잔을 뽑아 권하는 지혜와 용기를 내보겠습니다. 의원님께서 지혜를 빌려주시면 좋겠습니다.

2017. 06. 김정숙 드림

― 김정숙 여사가 노회찬 의원에게 보낸 편지 전문

편지를 읽다 보니 떠오르는 책이 있네요. 작가 얀 마텔Yann Martel이 쓴 《각하, 문학을 읽으십시오》얀 마텔 지음, 작가정신 출간에요. 《파이 이야기》얀 마텔 지음, 작가정신 출간로 우리에게도 친숙한 작가 얀 마텔이 캐나다 총리 스티븐 하퍼Stephen Harper에게 4년에 걸쳐 보냈던 102통의 편지를 묶은 책이지요. 책의 내용은 대부분 작가가 총리에게 문학 읽기를 권하는 내용인데요. 안타깝고 어이없는 건 그 모든 편지에 총리와 총리실에선 단 한 번도 답장을 보내지 않았던 거죠. 그래, 편지의 서문은 언제나 이 편지가 총리님께 전해질지 비서실에서 커트 당할지 모르겠다는 아쉬움을 표현하고 있죠.

몇 년 전 국내 출간될 때는 별도로 한국어판 서문을 넣었는데 거기 당시 대통령에 당선된 박근혜 당선자에게 문학을 읽는 대통령이 되어달라는 당부가 담겨 있기도 하죠. 물론 그 책이 박근혜에게 전달되었을 리는 만무하고요.

총리든 대통령이든 정치하는 사람에게 책, 특히 문학 읽기를 권하고 싶은 마음은 얀 마텔이나 저나 마찬가지예요. 거기 실로 다양하고 구체적이며 진득한 인간의 삶과 그 삶을 구성하는 다양한 사건과 상황, 그걸 이해하고 수용하는 사람의 심리가 담겨 있기 때문이죠. 그걸 이해하는 것이 곧 정치의 시작일 테니까요.

참고로, 지난달 청와대 오찬 자리에서 노회찬 의원이 문 대통령과 김 여사에게 조남주의 소설 《82년생 김지영》조남주 지음, 민음사 출간과 황현산의 산문집 《밤이 선생이다》황현산 지음, 난다 출간를 선물했고, 김 여사는 그에 대한 답례로 노회찬 의원에게 《정유정의 히말라야 환상방황, 안나푸르나 종주기》정유정 지음, 은행나무 출간를 건넸다네요.

—2017. 07. 10

공부해야 하는 이유

"대나무는 잡아주지 않아도 저절로 반듯하게 자라며, 그것을 잘라 쓰면 소가죽도 뚫을 수 있습니다. 이런 식이라면 꼭 배워야 할 필요가 있습니까?"

제자 자로가 묻자, 스승 공자가 대답했다.

"화살 한 쪽에 깃을 꽂고, 다른 한쪽에 촉을 갈아 박는다면 박히는 깊이가 더 깊지 않겠는가."

저절로 살아지는 세상이 아니지요. 순탄한 삶을 살려면 결코 순탄치 않은 노력의 과정을 거쳐야 하는 거지요. 그런 과정을 거치지 않은 평온은 얼핏 그럴싸하게 보여도 현실의 평지풍파를 감내하기엔 버거울 수밖에요. 쉽게 얻으면 악이요, 힘들게 얻어야 선이라는 말도 있으니까요.

공자가 제시하는 공부의 원칙은 단순합니다. 이른바 공자의 세 가지 공부의 원칙이라는 것인데요. 첫째 스스로 공부하라, 둘째 정답을 찾으려 하지 말고 자신만의 답을 찾아라, 셋째 모르는 것을 부끄러워하지 마라예요. 참 쉽죠?

—2017. 07. 15

저는 다만 읽을 뿐이에요

어리석은 사람은 한 권의 책을 읽고 원하는 지식을 얻으려 하죠. 한 권의 책을 읽고 확실하게 알게 되는 것은 한 가지뿐이에요. 이 세상 어떤 분야의 지식이든 단 한 권의 책을 읽고 제대로 알 수 있는 것은 없다는 엄중한 사실.

한 권의 책을 읽고 제대로 알 수 있는 것은 없어요. 작은 지식이라 할지라도 그걸 제대로 알기 위해서는 쉼 없이 읽고, 읽고 또 읽어야 하거든요. 읽기를 멈추는 순간 머릿속에 잠시 머물렀던 지식이나 정보는 순식간에 휘발돼 버리죠.

공부에는 끝이 없어요. 다만 계속 이어감으로써 비로소 머릿속에 작은 공간 하나를 만들어 내는 것이에요. 그 작은 공간이 장차 나의 우주가 되고, 나의 인생이 될 것이고요. 그게 느껴지지 않는다고,

그게 너무 작다고 실망할 것 없어요. 지속적으로 공부하면 그 공간은 저절로 풍요로워지거든요.

저는 다만 읽을 뿐이에요. 저는 다만 쓸 뿐이고요. 그리하여 저는 다만 믿을 뿐이죠. 지금 이 순간에도 내 머릿속에 작지만 소중한 공간이 만들어지고 있다는 것을. 그래서 다시 저는 다만 읽을 뿐이죠.

—2017.07.11

국어 실력이 밥 먹여 준다

종종 유사 사전류의 책을 탐독해 왔어요. 이유는 두 가지예요. 기존의 사전이 주는 딱딱한 이미지를 벗고 나름 실용적이며, 지적 호기심을 자극하는 데다 상상력까지 부추기는 것이어서죠. 그 중 권하고 싶은 책이 몇 권 있네요.

우선, 우리말과 관련해서는 《국어실력이 밥 먹여준다》김경원·김철호 지음, 유토피아 출간 일명 '국밥' 시리즈가 제격일 듯해요. 철학과 인문학의 기초가 필요한 사람에게 맞춤한 건 《개념어 사전》남경태 지음, 들녘 출간이며, 인간의 상상력이 얼마나 크고 높고 깊게 확장될 수 있는지를 보여주는 안내서로는 베르나르 베르베르의 《상상력 사전》베르나르 베르베르 지음, 열린책들 출간(이건 그전에 나온 같은 저자의 《상대적이며 절대적인 지식의 백과사전》을 버전업시킨 책이기도 하다.)이 제격일 테죠.

끝으로, 전인미답의 무모한 도전을 통해 극단적으로 지적 호기심을 자극하는 책이 있어요. 《한 권으로 읽는 브리태니커》A. J. 제이콥스 지음, 김영사 출간가 그것이죠.

요즘 읽고 있는 책도 한 권 소개하고 싶네요. 《1일 1구》김영수 편저, 유유 출간이에요. 일 년 365일 매일아침 고전 한 구를 읽는 것으로 시작하는 것도 그리 나쁘지 않은 선택일 것 같은데요. 가령 이런 식이죠.

1월 25일의 1구. "허구의 말은 믿기 어렵고, 돌고 돌아 전해진 말에는 진실이 결여되어 있다(訛言難信, 轉聞多失 와언난신 전문다실)"

각설하고. 오늘부터 한동안 '국밥' 시리즈를 따라 우리말의 '낱말'과 '문장'에 대한 기초를 쌓아 나갈 생각이에요. 길고 지루한 과정일 수 있죠. 대신 되도록 짧고 간단하게 정리해 나갈 거예요.

새삼 강조하건대 이건 어디까지나 내 공부이지 섣불리 누굴 가르치려는 게 아니에요. 나 자신 결코 우리말에 대한 조예나 지식이 많은 사람이 아니니까요. 실은 문외한에 가깝죠. 명색이 글쟁이를 자처하면서도 그간 우리말을 너무 몰랐고, 기초가 턱없이 부족했어요. 이제라도 그걸 부끄럽게 여기기 시작한 거죠. 얼마나 다행스런 일인가요. 부끄러운 걸 부끄러워 할 줄 모르는 건 곧 절망이죠. 부끄러워 할 줄 아는 건 그래서 부끄러운 게 아니고요.

《국·밥-낱말편1》의 서문 중 인상적인 구절을 옮겨 봅니다.

"말이든 글이든 일차적인 목적은 의사소통이고, 따라서 넝문화된 언어규범 같은 것은 부차적인 요소에 불과하다. 그런데 이렇게 무조건적인 수용 과정을 통해 모국어가 머릿속에 일차 언어체계로 자리 잡은 뒤에는 더욱 차원 높은 모국어 습득 과정이 필요하다."

—2016. 12. 24

소설을 읽어야 하는 이유

대학시절 대부분이 사회과학을 읽을 때 저는 소설을 읽었어요. 거창한 세계의 고전을 읽은 건 아니고 한국단편문학과 제3세대 한국문학 등을 읽은 거죠. 그런 저를 친구들은 의아해하더군요. 시대가 어느 땐(격동의 80년대)데 문학이니 낭만이니 찾고 있느냐는 것이었죠. 그래도 저는 줄기차게 소설을 읽었어요.

저는 소설 나부랭이나 읽는 '생각 없는 사람'이었던 걸까요? 혹시 그렇게 생각했거나 아직도 그리 생각하는 분이 있다면, 김용규 선생의 《생각의 시대》김용규 지음, 살림 출간나 루트번스타인 부부 Michele·Robert Root-Bernstein가 쓴 《생각의 탄생》미셸·로버트 루트번스타인 공저, 에코의서재 출간, 엣지재단에서 낸 《생각의 해부》대니얼 커너먼 Daniel Kahneman 등 저, 와이즈베리 출간 등을 읽어 보면 좋겠네요. 사람의 생각, 특히 사회성이라는 것이 어떤 경로를 통해 길러지는지가 나오거든요. 몇몇 구절을 소개해 볼게요. 어찌나 반갑던지 읽으면서 밑줄을 쳐두었거든요.

키스 오틀리Keith Oatley, 레이먼드 마Raymond A. Mar 같은 심리학자들은 "성별, 나이, 학력 등과 무관하게 소설과 같은 픽션을 즐겨 읽는 사람들이 신문이나 잡지와 같은 논픽션을 즐겨 읽는 사람보다도 오히려 사회성이 뛰어나다"는 실험결과를 내놓았어요.

심리학자 조지프 캐롤Joseph Carroll과 신경과학자 안토니오 다마시오Antonio Damasio는 "이야기가 인지능력과 정신의 항상성을 향상시키며, 윤리적 행동을 장려함으로써 사회성을 길러준다"고 주장하기도 했고요. 빅토리는 한 발 더 나아가네요. "현생인류가 살아남은 것은 지능이 뛰어나서가 아니라 이야기를 통해 지혜를 전해줄 수 있었기 때문"이라고 주장하니까요.

"인간 두뇌의 가장 큰 특징은 현실 세계에 존재하지 않는 물체나 사건을 상상할 수 있다는 점이다. 바로 이 능력 덕분에 인간은 미래를 생각하고 예측할 수 있다. 그래서 한 철학자는 인간의 두뇌를 '미래를 만드는 예측기계'라고 했다."

하버드대학교 심리학과 교수 대니얼 길버트Daniel Gilbert의 말이에요. 결국 사람의 생각이란 눈에 보이는 현실만이 아니라 상상력을 통해 이야기로 구축되고 그 이야기들이 모여서 사회적 환경과 문화를 만든다는 얘기지요.

이런 주장은 비단 사회심리학자나 교육심리학자의 주장이기만 한 건 아니에요. 인문학에서도 오래전부터 그와 같은 주장 혹은 생각을 이어왔던 거죠. 마침 월터 카우프만Walter Kaufmann의 《인문학의 미래》월터 카우프만 지음, 동녘 출간에도 그와 같은 얘기가 나오네요. 특히 저에겐 역시 깊은 울림을 주더라고요.

"의식수준을 높이는 것은 독서나 여행을 하거나, 음악을 듣거나, 또는 회화나 조각 작품을 보거나, 영화나 연극을 감상하는 등과 같은 대안적인 행위를 하거나 그것들을 자유롭게 접촉함으로써 가능한 것이지 교훈적인 책을 꾸준하게 섭취하면서 한 가지 관점을 권위적으로 주입하는 것에서 얻어지는 것이 아니다."

—2017.01.17

책 좀 읽으며 살죠

　책 좀 읽으며 삽니다. 그래서 삶이 좀 나아졌을까요? 모르겠네요. 굳이 어떤 변화나 상승을 추구하는 독서는 아니었지요. 다만 읽어 왔고, 또 읽는 거죠.

　독서 역시 욕망의 한 형태지요. 고상한 척 지적 욕망이라 말하기도 하지만 꼭 그렇기만 한 건 아니에요. 기실 감성적 욕망의 환기이자 순환이죠. 독서는 부득불 모종의 감정을 일깨우고 소비해요. 그렇게 순환하는 감정들이 삶의 다양성을 구성하게 되는 걸 테고요.

　나은 삶이란 지고의 가치를 추숭하는 것이라기보다 각기의 욕망을 무리 없이 순환시키는 것이라 생각해요. 독서는 비교적 건전하고 효율적인 욕망의 순환고리인 거죠. 덜 소모적이며 조금 더 생산적인 것이기도 하고요. 독서는 여타의 욕망을 억제하는 방식으로 작동되는 새로운 욕망인 거죠.

　바우만의 말마따나, 욕망은 만족을 욕망하지 않아요. 그러니 만족은 욕망의 불행이죠. 욕망은 욕망 그 자체를 욕망할 뿐이에요.

　책 좀 읽으며 살죠. 그래서 삶이 좀 나아졌냐고요? 얼핏 그런 것 같기도 해요. 책을 욕망하느라 다른 욕망을 조금이나마 억제할 수 있었으니까요.

—2017.06.21

아이에게 책을 읽어줘야 하는 이유

만약 인문학이 중고등학교의 정규 교과목이 된다면 교과서는 따로 제작할 필요가 없어요. 철학자 김용규의 《생각의 시대》김용규 지음, 살림 출간를 활용하면 그만이기 때문이죠.

책은, 인간의 생각이 어떻게 형성되어 왔고 발전해 왔는지, 생각의 도구로는 어떤 것이 있는지 등을 친절하고도 심도 있게 설명해주죠. 이미 내 강의에서 수없이 인용하고 있지만, 오늘 소개할 내용은 그중에서도 특히, 자녀교육에 관심을 가진 학부모에게 유용할 것이에요. 이른바 '아이에게 책을 읽어줘야 하는 이유'죠. 책의 내용을 소략해봅니다.

1. 아이에게는 우선 부모로부터 사랑을 받는다는 느낌에서 오는 정서적 안정감이 생긴다.

2. 어휘력이 향상된다.

3. 상상력이 풍부해진다.

4. 글쓰기의 기본을 익히게 된다.

5. 독서에 대한 흥미와 습관이 길러져 언젠가는 스스로 책을 읽게 된다.

6. 이해력이 향상되어 학교 교육에 도움이 된다.

7. 부모에게는 무엇보다도 아이와의 애정 어린 유대감을 유지할 수 있는 행복이 주어진다.

8. 아이의 고등정신기능이 일깨워지고, 어휘력, 상상력, 이해력 등이 차츰 성장하는 것을 지켜보는 기쁨은 오히려 덤이다.

아이에게 책을 읽어주는 것은 단순히 언어를 가르치거나 이야기를 들려주는 행위가 아니에요. 그것을 통해 아이의 시간의식, 역사의식, 자기의식과 같은 고차적 의식 내지 고등정신 기능을 일깨우고 아이의 뇌가 정신적 문법을 재생산하도록 하는 매우 중요한 작업이죠.

뇌신경과학에서는 인간의 뇌가 새로운 것을 배울 때마다 신경세포들이 새로운 연결망과 경로를 만들어낸다는 것이 증명되었어요. 우리의 뇌는 컴퓨터에 내장된 하드디스크가 아니죠. 인간 뇌 구조의 핵심적 특성은 경험에 따라 크기와 구조가 바뀌는 '가소성

plasticity'이에요. 뇌는 계속 변하죠. 뇌는 외부에서 들어온 정보에 의해 생각을 만들 뿐 아니라, 그 생각에 의해 스스로를 만들어 확장해 가는 시스템이에요. 이처럼 외부의 정보에 의해 스스로 형태를 달리하는 시스템을 컴퓨터 과학자들은 '열린 구조open architecture'라고 부르죠.

미국 터프츠대학교 인지신경과학과 아동발달을 연구하는 메리언 울프M.Wolf는 《책 읽는 뇌》메리언 울프 지음, 살림 출간에서 "사람의 뇌는 유전적 자원이 제안되어 있음에도 훌륭한 열린 구도의 예가 된다"라고 주장했어요. 이어서 "독서는 뇌가 새로운 것을 배워 스스로를 재편성하는 과정에서 탄생한, 인류의 기적적인 발명이다"라고 토로했고요. 이것이 우리가 아이들에게 책을 읽어주어야 하는 뇌과학적 이유인 거죠.

—2017.01.29

TV
인문학 강좌의 실체

강의하다 보면 유혹에 빠지게 돼요. 수강생의 반응을 끌어내고 싶어지는 거죠. 방법은 간단해요. 지루하게 개념을 열거하기보다 특정한 국면을 강조하며 계몽적 분위기로 몰아가는 거죠.

일테면, 역사 강의에서 특정인 혹은 특정 사건을 극단적으로 단순화해서 역사적 의의를 부각하는 방식이죠. 쉽게 말해 특정 사건을 선악구도로 몰아간다든지, 한 인물의 면모에서 영웅적이거나 교훈적인 측면만 집중 부각하는 거예요. 요즘 장안의 화제라는 모 스타강사의 역사 강의가 그런 식이죠.

그의 강의를 듣다 보면 때로 뭉클하고, 때로 분개하며, 결국은 그런 걸 모르고 살았던 자신을 자책하게 되죠. 그럼 자연스럽게 강사에 대한 무한 신뢰와 이런 강의를 듣게 돼서 참 다행이라며 스스로를 위로하게 되죠. 참, 쉽죠ㅋ.

과연 그런 강의에 인문학이라는 이름을 붙여도 되는 걸까요? 결론은, '아니올씨다'지요. 인문학은 이분법적 사고의 틀을 벗고 국면의 다양성과 새로운 관점을 성찰하는 것이니까요. 강사는 정답을 제시하기보다 인물과 사건, 개념의 다양성을 치우침 없고 균형감 있게 드러내기 위해 때로 지루할 정도로 꿋꿋하게 축적된 논의들을 밀어붙여야 해요.

TV강의에선 그게 안 되는 거죠. 의도적으로 그걸 피하는 걸 테고요. 제작진의 기획의도야 응당 다른 데 있을 테고, 강사 또한 자신의 스타성을 드러내려는 유혹으로부터 자유롭지 않으니까요. 결국 진득한 사유의 도정을 밟기보다는 요령을 부리게 되죠. 평소 글 자주 안 써본 사람의 글이 매양 계몽적 결론으로 흐르듯, 인문적 사유가 깊지 않은 이들의 강의는 늘 계몽적일 수밖에 없는 거죠.

들어보니 역시 참 쉽더라고요. 그러니까 세종은 위대하다거나, 그래서 이순신은 영웅이라거나, 여태 그것도 모르고 살아 왔느냐는 훈계까지…….

그게 이른바 TV인문학 강좌의 현실이에요. 그걸 잘 알고 있는 자들이 그저 조용히 가난한 사람들과 함께하는 인문학을 욕되게 하고, 심지어 인문학 본연의 의미까지 농단하며 눈 먼 돈을 그러모으고 있는 거죠.

—2017.06.17

300쇄와 십쇄

지금까지 저는 여섯 권의 책(공저 1권 포함)을 냈어요. 그중 가장 많이 팔린 게 《결핍을 즐겨라》인데 그래봐야 고작 4쇄를 찍었을 뿐이에요. 첫 쇄만 3,000부를 찍었고 점점 줄여 찍었으니 어림잡아 1만 부에 턱 없이 못 미치게 팔렸겠지요. 이래서야 직업을 작가라고 말할 수 있을는지요. 부끄러운 일이에요.

책의 수명을 가늠해볼 수 있는 잣대는 판과 쇄예요. 판은 책의 내용이 달라져 다시 발행하는 것을 뜻하죠. 처음 인쇄된 책은 초판, 저자가 내용을 수정하거나 출판사가 책의 형태를 바꿔 다시 인쇄하면 개정판 또는 2판이 되는 것이고요.

쇄는 책의 출간 횟수를 세는 단위죠. 책을 처음 인쇄하면 초쇄

또는 1쇄이고, 초쇄가 모두 팔려 내용 수정 없이 다시 인쇄하면 2쇄가 되는 거죠. 한 쇄에 몇 부를 찍을지는 출판사가 판단하는데 예전에는 초쇄를 2,000~3,000부 찍었지만 요즘엔 500~1,000부를 발간하는 경우도 많다고 해요. 독서인구 감소와 출판계의 불황 탓이겠죠.

조세희의 《난장이가 쏘아올린 작은 공》조세희 지음, 이성과힘 출간이 한국 문학작품으로는 처음으로 300쇄를 돌파했다네요. 1978년 6월 초판 1쇄가 나온 지 39년 만의 쾌거예요. '난쏘공'은 '문학과지성사'에서 134쇄를, 2000년 7월 '이성과힘'으로 출판사를 옮긴 이후 166쇄를 찍었다고 해요. 현재까지 누적 발행부수는 137만 부. 쇄에 비해 발행부수는 그리 많지 않네요.

국내에서 300쇄 이상 찍은 책으로는 《한 권으로 읽는 조선왕조실록》박영규 지음, 웅진지식하우스 출간이 있지만 문학작품으로는 '난쏘공'이 최초라고 하네요. 100쇄 이상 찍은 문학작품은 조정래의 대하소설 《태백산맥》조정래 지음, 해냄 출간이 253쇄, 최인훈의 소설집 《광장》이 196쇄, 이청준의 소설집 《당신들의 천국》이청준 지음, 문학과지성사 출간이 135쇄를 찍었다네요.

몇 해 전 자료를 보니까 국내작가 중 누적 판매부수가 가장 많은 작가는 이문열이고 2,800만 부를 넘겼다네요. 그중 《삼국지》나관중 지음, 민음사 출간가 1,700만 부를 차지하니 순수 창작물로는 조정래의 아성을 넘기 힘들겠지요. 그 외 베스트셀러 많이 내기로 유명한 신경숙, 공지영 등이 2,000만 부 작가 반열에 올랐거나 오를 예정이고, 안도현의 《연어》안도현 지음, 문학동네 출간 또한 100쇄 이상을 찍었다네요.

유머러스한 칼럼으로 유명한 기생충 박사 서민은 강연에서 자신을 '십쇄'라 소개하더군요. 그의 책이 십쇄를 찍은 걸 자랑하고 다녔더니 아내가 아예 별명처럼 그리 불렀다는 거예요. 유머감각 뛰어난 분답게 그 얘길 천연덕스럽게 들려주더라고요. 고작 4쇄 작가인 저로서는 부럽기만 하네요.

　저도 분발해서 곧 '십쇄'가 되고 싶어요.

—2017.04.24

내가 좋아하는 작가들

얼치기 글쟁이인 저를 심하게 절망시켰던 사람들이 있어요. 한둘이 아니죠. 글쓰기의 한 경지를 이룬 고수들이죠. 그들이 준 절망의 경험이 그나마 이 정도라도 글을 쓸 수 있게 해줬죠. 도리 없이 고마운 사람들인 거죠.

제아무리 노력해 봐야 [신영복] 선생님의 깊은 사유에서 길어올린 명징한 문장은 흉내 낼 수 없을 테고, 단문의 강렬함과 냉혹하리만치 정확한 문장으로 무장한 [김훈]의 문체 역시 그러하며, 하여간 능치는 기술로는 따라갈 자가 없어 보이는 [박민규], [천명관]이 그렇고, 성실한 공부로 사람 마음을 꿰뚫는 [김형경]의 내공 또한 전인미답의 경지로 보일 뿐이에요.

박민규와는 또 다른 차원의 유머감각으로 '저널(칼럼) 유머'의 신기원을 이룬 [서민] 교수의 수법도 가히 범접하기 힘든 경지이며, 시인 [림태주]의 탁월한 '자뻐기즘'에서 우러나는 '시적 유머' 역시 압권이라 할 만해요. 핍진한 문학성과 탁월한 감성이라면야 [김연수]를 능가하긴 힘들 테고요.

살짝 밖으로 눈을 돌려봐도 절망스럽긴 마찬가지지요. 해박한 지식에서 뿜어내는 [움베르토 에코]의 해학과 풍자는 가히 신적 경지라고 할 만하죠. 인문소양의 깊이로만 따지면 결코 에코에 뒤질 리 없는 [슈테판 츠바이크]도 도저한 문장의 격을 지녔다고 봐야겠죠. 조선에 다산 정약용이 있었다면 서구엔 단연 이 사람이죠. [아이작 아시모프] 한 사람이 그리도 다양한 책을 그렇게나 많이 쓸 수 있다니요.

저는 애저녁에 글쟁이 연하는 허세를 접고 땀과 근육의 육박으로 살아갔어야 했어요. 고작 그런 고수들을 알기라도 한다는, 그것만도 얼마나 자랑스러우냐는 듯 이따위 칭송의 글이나 쓰고 있으니까요. 오늘은 이리 설렁설렁 때우네요.

—2017.05.26

책읽기의 이로움

《책만 보는 바보 : 이덕무와 그의 벗들 이야기》안소영 지음, 보림 출간
에 '간서치' 이덕무가 밝힌 책읽기의 이로움이 나오네요. 시대와 상
황은 달라도 책읽기의 유익함은 같은 거죠.

　첫째, 굶주린 때에 책을 읽으면, 소리가 훨씬 낭랑해져서 글
귀가 잘 다가오고 배고픔도 느끼지 못한다.
　둘째, 날씨가 추울 때 책을 읽으면, 그 소리의 기운이 스며들
어 떨리는 몸이 진정되고 추위를 잊을 수 있다.
　셋째, 근심 걱정으로 마음이 괴로울 때 책을 읽으면, 눈과 마
음이 책에 집중하면서 천만 가지 근심이 모두 사라진다.
　넷째, 기침병을 앓을 때 책을 읽으면, 그 소리가 목구멍의 걸

림돌을 시원하게 뚫어 괴로운 기침이 갑자기 사라져 버린다.

옛 선비들은 몸을 앞뒤로 움직여 리듬을 맞추며 소리 내서 책을 읽었지요. 근래 소리 내서 읽기의 중요성이 새삼 강조되고 있는데요. 특히 이덕무가 말한 책읽기의 이로움은 소리 내서 읽기의 효과가 아닐까 싶네요.

—2017.06.07

시
인

시인이란 마음이 맑고 순해서 세상의 그 어떤 일에도 끼어들지 못하는 사람이 아닐까요. 세상의 온갖 더럽고 추하고 불편한 것들을 견딜 수 없어서 차라리 자발적 가난을 사는 사람이 아닐까 싶어요. 문득, 그런 생각이 들었어요.

오늘 만난 사람들이 그랬어요. 육십 바라볼 나이에 두 번째 시집을 상재한 태작 시인을 위해 광화문 케이티 빌딩 지하식당에 모여든 사람들이 그렇고요. 그저 조용히 앉아 술잔을 기울이는 사람, 때로 격정적으로 시를 낭송하는 사람, 호명을 받고도 일어나 사람들 앞에 서기를 주저하는 사람, 그렇게 아무렇지도 않은 아무들이 모여서 샤브샤브 국물 졸듯 복잡하고 혼탁한 세상을 한 편의 시로 졸였지요.

조길성 시인의 제2시집 《나는 보리밭으로 갈 것이다》조길성 지음, b 출간 출판기념회에 가서 한 잔 했는데 술기운에 펼친 시집의 첫 장에 하필이면 이런 시가 똬리를 틀고 있네요.

> 새벽에 전화하지 마라 슬픔은 수신자부담이다
> 한때 나는 은하수에 살던 금빛 물고기였다
> 갈 때 가더라도 외상 술값은 갚고 갈 것이다
>
> —조길성, 〈은하수〉 전문

다시 생각해보니, 시인이란 세상의 온갖 추문과 더러움과 추함에 찌들대로 찌든 사람이 아닐까 싶어요. 타락한 영혼의 마지막 절규가 시라는 시궁창을 만나 혼탁한 세상 먼저 빠져나가겠다고 소용돌이치는 사람이 아닐까 말이에요.

결국 시인이란 이도저도 아니면서 또한 도리 없이 이도저도이기도 하다는, 너무나 평범하고 경박해서 주먹 한번 날려주고 싶을 만큼 수준 낮은 결론을 내리며, 한껏 오른 취기에 몸을 흔들며 걷고 또 걸었어요.

> 술국이 맛나게 끓고 있는 해장국집을 들어설 때나
> 질척거리는 진창길 지나 불빛 흐린 여인숙 현관문을 들어설 때
> 지나는 고운 여자 뜻 모를 웃음에 홀려 길을 잃는 오후에도
> 내 집은 바람 속에 있다

어딜 가라 가도 가도 끝없는 길 위에서

고향은 언제나 변두리 버스정류장이고 시외버스터미널이고

간이역 햇살 환한 기차정거장 출발 오 분 전

처마 끝 배추시래기에도 뿌리의 기억이 새롭게 눈뜨는 저녁

낯익은 골목 밥 짓는 냄새에 살을 데이며

길 떠나야지

어느 생이 다시 온다 해도 만날 수 없는 그리움이 모르는

누구의 마당을 향하는데

— 조길성, 〈아무 데다〉 전문

—2017. 04. 30

빙산이론과 동일시

"빙산氷山의 일각一角"이라는 말이 있지요. 바다 위로 올라온 빙산은 일각에 불과하지만 그 아래에는 어마어마한 크기의 얼음덩어리가 숨겨져 있다는 것을 비유한 말이에요.

문학용어에도 빙산이 등장해요. '헤밍웨이의 빙산이론氷山理論, iceing theory'인데요. "작가는 자신의 경험에서 확실하게 드러나는 지극히 작은 일부만 작품화해야 하고, 물속에 잠긴 90퍼센트의 빙산은 아낌없이 밑거름으로 남겨두어야 한다"는 얘기이고, "작가의 냉정한 압축 기법은 기술적인 장치가 아니라 인생과 작품을 대하는 작가의 기본자세"라는 의미이지요. 역시 작가인 안정효가《안정효의 글쓰기만보》안정효 지음, 모멘토 출간에서 전해주는 말이에요.

"제험의 10퍼센트를 활용하는 대신, 스스로 경험조차 하지 않고 남에게서 전해들은 얘기를 열 배로 불려서 작품을 만들려고 하면 당연히 무리가 간다. 한 가지 거짓을 믿게 만들려면 아홉 가지는 진실을 얘기해야 한다. 아홉 가지 거짓말로 한 가지 진실을 믿게 만들기는 불가능하다."

헤밍웨이가 빙산이론을 얘기했다면, 지그문트 프로이트는 '동일시'를 얘기하네요. 수많은 사람이 대를 이어 《데미안》헤르만 헤세 지음, 민음사 출간에 심취하고, 《젊은 베르테르의 슬픔》요한 볼프강 폰 괴테 지음, 민음사 출간에 공감하여 잠을 이루지 못하는 까닭, 《테스》토마스 하디 지음, 민음사 출간의 운명을 자신의 삶이라 상상하며 슬퍼하거나 괴로워하는 까닭, 에릭 시걸Erich Segal의 《러브 스토리》에릭 시걸 지음, 시사영어사 출간를 놓고 유치한 눈물을 흘리는 까닭이 무엇일까요? 프로이트는 그것을 '동일시同一視, identification'라고 설명하지요. 사람은 동일시의 경험을 위해 소설을 읽고 연극(영화)을 보러 간다는 게 프로이트의 믿음이었어요.

동일시는 작가에게 집필의 동기로 작용하는 경우도 적지 않아요. 콜린 매컬로우Colleen McCullough는 자신이 뚱뚱하다는 한심한 이유로 남자에게 버림을 받고 괴로워하다가 칩거에 들어가 《가시나무 새》콜린 매컬로우 지음, 문학사상사 출간를 써냈지요. 그 소설에서 여주인공이 고위 성직자와 벌이는 연애행각은 일종의 심리적인 복수 행위였을 테고요. 노벨문학상 수상자 솔 벨로우Saul Bellow는 "소설을 쓰지 않았다면 나는 벌써 자살했을 터"라고 하여, 글쓰기가 작가의 감정적인 정화catharsis에 얼마나 효과적인지를 증언하지요.

사람의 공감을 이끌어내는 글, 대리만족을 넘어 동일시에 이르게 하는 글은 역시 삶의 현장에서 길어낸 체험에 바탕한 글이어야 해요. 그럴듯한 거짓말로 사람들을 현혹하려는 시도는 얼핏 쉬워 보이지만 어리석은 일이며 목적을 이루기도 힘들죠.

진실한 글이라야 사람의 마음을 얻는 법이에요. 작가 자신의 정화를 위한 글이든, 타인의 마음을 움직이려는 글이든 마찬가지지요. 좋은 글을 쓰려거든 '헤밍웨이의 빙산이론'과 프로이트의 '동일시'를 새겨둘 필요가 있을 듯해요. 무르익지 않은 사유를 섣불리 글로 옮기려는 시도는 경계해야겠고요.

오래 전부터 현실적인 이유로 글쓰기 관련 책을 즐겨 읽는데 그중 으뜸은 《안정효의 글쓰기만보》안정효 지음, 모멘토 출간에요. 거기 참으로 풍성한 이야기와 초보 글쟁이를 위한 친절하고 꼼꼼한 안내판이 등장하거든요. '헤밍웨이의 빙산이론'과 프로이트의 '동일시' 역시 글쓰기 만보에서 소개하거든요.

—2017.02.14

읽기와 쓰기는 한 몸

　우리나라 사람 중에서 한글 맞춤법을 제대로 아는 사람은 얼마나 될까요? 아, 이런 질문은 좀 공허하긴 해요. 현실적으로 묻자면, 우리나라 사람 중에서 자신의 생각이나 입장을 글로 써서 표현할 능력을 가진 사람은 얼마나 될까요? 이 질문이라면 대략 감이 잡히죠. 제가 알기로 대부분이 글쓰기를 두려워해요. 강도가 다를 뿐 글쓰기에 대한 부담과 압박으로부터 자유로운 사람은 거의 없다고 봐야 할 테고요. 그러니 생각과 글이 따로 노는 경우가 허다하지요.

　전문 작가가 되라는 게 아닌데도 그래요. 명문으로 사람들의 마음을 움직이는 문필가가 되라는 것도 아니에요. 다만 누군가에게 편지(요즘은 주로 이메일)를 보내거나 블로그, 페이스북, 트위터 등에서 몇 마디 글을 올리는 것만이라도 부담 없이 할 수 있으면 좋은

데 그게 참 어렵고 부담스러워요. 왜 그럴까요.

멀리 보면 글쓰기의 두려움은 책을 읽지 않는 것과 관련이 있어요. 제대로 된 글을 읽는 것이야말로 좋은 글을 쓰기 위한 기초인 거죠. 책읽기를 소홀히 하니 글쓰기가 두렵죠. 두 번째는 굳이 글을 쓰지 않아도 아무 문제가 없었던 학창시절을 보냈기 때문일 거예요. 초등학교 때나 잠시 글을 써봤을까, 중·고교 과정 중에 글쓰기에 대한 부담을 느끼는 학생은 거의 없지요. 교과 과정 자체가 글쓰기와 무관하게 진행되니까요. 대학생이라고 다를까요? 형식적으론 다를지 몰라요. 리포트를 써야 하니까요. 그러나 실제를 들여다보면 중·고교 때와 별반 다를 바 없어요. 리포트는 남의 글을 베껴 쓰면 그만이고, 대학원생이 아닌 바에야 논문에 대한 부담도 없으니까요.

그렇게 글쓰기의 준비가 안 된 상태로 사회생활을 시작하게 되죠. 오로지 영어공부에 '올인'할 뿐 국어실력을 쌓거나 제대로 된 글 한 번 써보지 않은 채 사회로 쏟아져 나오는 거예요. 그래서예요. 오죽했으면 각 기업 인사담당자 입에서 "요즘 젊은 직원들에게 필요한 것은 영어가 아니라 한글 작문능력"이라는 말이 나올까요.

시험과목에 국어가 포함돼 있는 데다 치열한 경쟁을 뚫고 공직에 임용된 공무원조차 글쓰기의 기본기를 갖춘 경우는 매우 드물어요. 그러니 공문은 문서형식과 편집만 깔끔할 뿐 내용은 여전히 일본식 한자어를 남발하거나 비문과 오문투성이인 거죠.

심각한 문제예요. 말로는 세종대왕을 존경하고, 한글을 자랑스럽게 생각한다면서 하고 사는 꼴은 영락없이 한글 모독적 행태일 뿐이에요. 모국어에 대한 홀대가 이리 심한 데도 그 심각성을 제대로 인식하는 사람은 별로 없어 보이고요.

한때 입시에 논술이 추가되면서 일말의 기대를 걸게 했죠. 그러나 '어륀지' 정권이 들어서면서 기대가 무너졌지요. 박근혜 정부는 입시전형의 단순화를 기치로 내세우면서 아예 논술 고사枯死정책을 폈었죠. 일말의 기대가 수포로 돌아간 거죠.

해마다 문화관광체육부가 발표하는 책 관련 통계를 보고 있노라면 모골이 송연해질 정도예요. 출판계는 끝도 없는 불황에 허덕이고, 서점은 줄줄이 폐업하고, 국민 1인당 평균 독서권수는 하향세를 거듭할 뿐이죠. 반등의 기미는 보이지 않아요.

읽지 않고서 잘 쓰기를 바라는 건 배지 않은 아이를 낳겠다는 것과 다름없어요. 읽기 활성화와 쓰기의 중요성을 강조하는 건 분리해서 생각할 일이 아닌데 말이죠. 하루 속히 읽고 쓰는 일의 중요성을 일깨우는 학교교육, 사회 분위기와 문화가 조성되어야 해요. 모국어에 대한 예의이면서, 국가의 미래를 위한 중차대한 일이니까요.

"기록이 기억을 지배한다"는 말을 새삼 떠올려 보게 되네요. 역사적으로 흥한 민족은 모두 기록에 능한 민족이었어요. 반대로 기록을 게을리 했던 민족은 역사 속으로 사라지고 말았죠. 기왕에, 우리는 자랑스러운 문자를 가진 민족이잖아요. 더 사랑하고 더 많이 활용하고 더 갈고 닦아서 찬란한 문화유산을 실질적으로 계승·발전시켜야지요. 다 떠나서 글쓰기는 소통 능력의 척도이기도 하고요.

—2017.02.25

천천히 읽기

"1년에 몇 권의 책을 읽으시나요?" 가끔 받는 질문이에요. 때론 한 달에 몇 권이나 읽느냐는 질문으로 바뀌기도 합니다만 뜻은 매한가지이지요.

"책을 참 많이 읽으시나 봐요. 부러워요."

책 많이 읽는 건 좋은 거지요. 부정할 수 없는 사실이고요. 그러나 무턱대고 많이 읽는 게 능사는 아니에요. 자기과시를 위한 독서가 아닌 바에야 몇 권을 읽느냐보다 중요한 건 제대로 소화하는 독서인 거죠. 《단단한 독서》에밀 파게Emile Faguet 지음, 유유 출간에서 말하는 천천히 읽기가 새삼 소중한 메시지로 다가오는 이유지요.

"책 읽는 방법을 배우고자 한다면 우선 책을 천천히 읽을 수 있어야 한다. 그 뒤로도 계속 천천히, 자신이 마지막으로 읽게 될 소중한 책에 이르기까지 언제나 책을 천천히 읽어 나가야 한다."

에밀 파게가 일러주는 느리게 읽기의 미덕은 다양하지요. 우선, 느리게 읽으면 책에서 받은 첫인상에 속지 않게 됩니다. 둘째, 자신을 몰각해 버리는 일이 없습니다. 셋째, 게을러지지 않습니다. 넷째, 읽어야 할 책과 그렇지 않은 책을 구별할 수 있습니다.

천천히 읽기와 더불어 한 번 읽은 책을 다시 읽는 것도 중요해요. 이른바 '거듭 읽기'인 거죠. 거듭 읽기는 우선, 작가를 깊게 이해하는 계기가 되죠. 그러다 보면 작가의 생각에 일방적으로 끌려다니지 않고 자기 나름의 생각을 키울 수 있고요. 둘째, 문체를 즐기게되는 거죠. 셋째, 자신의 생각과 비교하며 읽는 재미가 있겠고요.

무엇보다 천천히 읽기의 미덕은 저자의 생각에 끌려다니지 않으면서 책의 내용을 비판적으로 수용하게 된다는 점이에요. 쇼펜하우어의 말마따나 중요한 건 몇 권의 책을 읽느냐가 아니라 단 한 권을 읽더라도 제대로 자기 것으로 소화하며 읽는 것이죠.

—2017.03.05

봄바람 꽃바람 책바람

중국 송나라의 시인 구양수는 책읽기 좋은 장소로 3상三上을 얘기했다죠. 3상은 마상馬上, 측상厠上, 침상寢上이에요. 측상이나 침상은 예나 지금이나 다를 게 없지만, 마상은 지금으로 치면 전철이나 버스, 기차 등의 교통수단이겠죠. 사실 책 읽는 장소가 따로 있는 건 아니지요. 마음만 먹으면 못 읽을 곳이 어디겠어요. 공원에서면 어떻고, 길에서면 어떨 거며, 하다못해 시장 바닥인들 책을 읽겠다는데야 뭐랄 것이 없는 거죠. 집 안에서라면 말할 것도 없죠. 거실 소파에 누워 읽는 것도 제격일 테고, 따로 서재가 있다면 금상첨화이고, 다락방에서든, 침대에서든, 화장실에서든.

"작가 장정일의 어린 시절 꿈은 "동사무소의 하급 공무원이나 하면서 아침 9시에 출근하고 저녁 5시에 퇴근해서 집에 돌아와 발 씻고 침대에 드러누워 새벽 2시까지 책을 읽는"장정일, 《장정일의 독서일기1》 범우사 출간, 5쪽 것이었다. 그는 하급 공무원 대신 작가이자 서평가가 되어 마음껏 책을 읽고 있다. 그가 새벽까지 책을 읽다 보면 때로 침대는 파도 위에서 떠다니는 작은 배가 된다. 돛을 흔드는 바닷바람 소리를 들으며 몰아치는 폭풍 같은 책 읽기를 하다보면 창가에는 새벽의 여명이 밝아온다."

정수복이 《책인시공》정수복 지음, 문학동네 출간에서 언급한 장정일에 대한 이야기인데요. 같은 책에 CBS피디 정혜윤의 《침대와 책》정혜윤 지음, 웅진지식하우스 출간도 나오는데 마침 그 책은 제가 예스24의 웹진 '채널예스'에 〈최준영의 주책잡기〉를 연재하던 시절에 같은 공간에 연재됐던 글이기도 해서 반갑네요. 책에 나온 침대와 책의 공통점 열 가지는 지금 봐도 참 인상적이고요.

1. 한번 빠져들면 쉽게 헤어나기 어렵다.
2. 시간을 헷갈리게 만든다. 밤을 낮처럼, 낮을 밤처럼 지배한다.
3. 책과 침대에게는 저마다 이들을 갈취하고 괴롭히는 사람들이 달라붙어 있다. 책에는 비평가들이, 침대에는 게으른 육신들이.
4. 특별한 사람에게만 빌려주고 싶다.

5. 화려한 커버를 두르고 있더라도 진가는 내용에서 드러난다.

6. 전시장에서는 누워 있는 것을 좋아한다.

7. 같이 있다 보면 신체의 변형을 가져온다.

8. 때론 잠을 부르고, 때론 잠을 쫓는다.

9. 결코 방해받고 싶지 않다는 마음이 생긴다.

10. 필요에 따라 접기도 하고 펴기도 한다.

화장실 역시 책을 읽기에 맞춤한 장소이긴 하죠. 우리 집 화장실의 변기 뒤에도 늘 책이 놓여 있는데, 주로 변기에 앉아 있는 시간에 잠깐씩 읽기 좋은 것들이죠. 가령 《똥오줌의 역사》마르탱 모네스티에 Martin Monestier 지음, 문학동네 출간 같은 책이요^^ 부피가 큰 게 흠이지만 화장실에서 틈틈이 읽기엔 그만인 거죠.

다시 정수복의 《책인시공》을 인용해 볼까요. 거기 박이문 선생의 걸쩍지근한 시 한 수가 나오네요.

변기에 앉은
사랑, 진리, 지혜, 고민
죽음과 슬픔과 그리고 꿈
명상하는 변기

—박이문, 〈반시反詩〉 일부

프랑스의 지식인 롤랑 바르트Roland Barthes도 화장실에서 책을 읽곤 했는데 거기서 읽은 책의 내용이 제일 몸에 잘 새겨진다고 말한 적이 있다네요.

책 읽을 장소가 없어서 못 읽는 사람은 없을 거예요. 의지의 결여가 문제지요. 지금은 특히 봄맞이 꽃구경에 넋을 놓기 좋은 계절이네요. 그러나 이따금 책 한 권 들고 가까운 공원을 찾는 것도 좋을 듯해요. 귓가에 살랑이는 봄바람과 꽃바람을 만끽하면서 삶과 사랑에 관한 책을 읽는 것, 그 또한 봄을 즐기는 좋은 방법이 아닐는지요.

—2017.04.12

첫 문장, 첫인상

"What can you say about a twenty-five-year-old girl who died? That she was beautiful. And brilliant. That she loved Mozart and Bach. And the Beatles. And me."

"스물다섯 살에 죽은 여자에 대해 무슨 말을 할 수 있을까? 그녀가 예뻤다고. 그리고 총명했다고. 그녀가 모차르트와 바흐를 사랑했다고. 그리고 비틀즈를 사랑했다고. 그리고 나를 사랑했다고."

《고종석의 문장》고종석 지음, 알마 출간에서 소개하는 에릭 시걸의 소설 《러브 스토리》 도입부예요. 고종석은 첫 문장이 좋은 소설로 이것과 더불어 카뮈의 《이방인》을 꼽는다고 하네요. "오늘 엄마가 죽었다." 워낙에 유명한 《이방인》의 첫 문장이지요. 비소설 중에서는 "하나의 유령이 유럽을 떠돌고 있다. 공산주의라는 유령이"로 시작되는 마르크스와 엥겔스의 《공산당 선언》을 꼽았고요.

《러브 스토리》의 첫 문장은 뜻밖이기도 해서 더 반갑네요. 언뜻 영화에선 내레이션으로 흘러나왔던 듯도 하고…….

"스물다섯 살에 죽은 여자에 대해 무슨 말을 할 수 있을까?"

첫 문장이 매력적인 소설은 시종 매력적일 가능성이 크죠. 사람도 마찬가지일 테고요. 그래서일까요? 유독 첫인상을 중하게 여기는 사람이 많으니 말이죠.

—2017.06.04

암기 혹은 '내것화'

독서 강의를 하다 보니 부득이 강의 중에 책을 자주 인용하게 돼요. 제목과 저자만이 아니라 책 속의 문장을 인용하는 경우가 많은 거죠. 강의 전 달달 암기해서 그대로 읽는 것은 아니죠. 자연스럽게 인용한다는 것은 자연스럽게 말이 되어 나오는 것이고, 그러기 위해서는 책의 내용이 온전히 내 머릿속에 들어와 있어야 해요.

이걸 두고 혹자는 저의 암기력을 칭송하기도 해요. 그러나 단순 암기로 강의 중 자연스럽게 인용하거나 구체적으로 되뇔 수는 없어요. 체화 혹은 내면화라는 말을 하고 싶은 거죠.

마침《위로하는 정신》스테판 츠바이크Stefan Zweig 지음, 유유 출간에 암기의 의미가 나오네요.

"습기가 너무 많으면 식물이 시들고 기름이 너무 많으면 램프의 불이 꺼지듯이, 우리 정신의 능력도 공부할 재료가 너무 많으면 나쁜 영향을 받는다. 이렇게 주입된 지식은 기억력에 부담을 주어 영혼이 기능하지 못하게 한다. 무언가를 암기한다는 것은 무언가를 안다는 뜻이 아니라, 그냥 무언가를 기억 속에 지니고 있다는 뜻일 뿐이다."

암기한다는 것은 무언가를 안다는 것이 아니라, 그냥 무언가를 기억 속에 지니고 있다는 뜻이라는 대목이 인상적이네요. 인용이란 앎을 전제로 하는 거죠. 단지 기억 속에 지니고 있는 것으로는 인용도, 응용도 할 수 없어요.

강의 중 답답함을 호소하는 질문을 자주 접하는데요. 일테면 이런 식이에요. "저도 그 책 읽었거든요. 심지어 최근에요. 근데 왜 제 머릿속은 하얗죠?" 대략 난감이네요. 딱히 해줄 말이 없어요. 그의 독서와 그의 공부와 그의 생각을 잘 모르기 때문이죠. 다만 참고가 될 만한 말은 해줘야겠죠. 강의자의 의무로서요.

독서의 완성은 쓰기예요. 같은 말로, 독서는 쓰기로 완성되는 거죠. 눈으로만 하는 독서는 시간을 죽이거나 순간을 선용하는 것 이상의 효과를 거두기 힘들어요. 그 이상의 효과, 즉 읽은 내용을 온전히 내 것으로 만들기 위해서는 반드시 쓰기가 추가돼야 해요.

밑줄을 치면서 읽고, 읽은 뒤 밑줄 친 내용을 노트해 두고, 나아가 그것을 재료로 해서 리뷰까지 써보는 거죠. 그럼 자연스럽게 읽은 것이 내 것이 되고 또 그걸 기반으로 인용도 응용도 할 수 있는 거죠. 그게 비로 제가 강조하는 저금貯金식 독서에요. 읽고 잊어버리는 대신 내 몸 어딘가에 저장하는 독서, 내 삶과 사유에 활용하는 독서 말예요.

—2017.06.05

인문학은 '관계'에요

'사람'의 한자어인 '인간人間'을 풀어보면 '사람人 + 사이間'가 되죠. 결국 사람은 누군가의 사이, 즉 관계 속에 존재하죠. 다시, 사람은 곧 관계인 거죠.

사람을 탐구하는 인문학은 고로 관계의 학문이라 해야겠죠. 세상 모든 일은 관계를 통해 이루어지고 관계를 통해 해소된다는 걸 조금은 복잡하고 혹은 다양하게 설명하는 것, 그게 바로 인문학이죠.

빈곤이라는 개념도 마찬가지예요. 사회과학, 즉 정치학이나 경제학의 관점에서 보면 빈곤은 기회의 문제이며, 분배의 문제일 테죠. 그러나 인문학의 관점에서 볼 때 빈곤은 기회나 분배의 문제가 아니라 '관계의 문제'라고 할 수 있죠. 빈곤은 현재 빈곤한 그들의 문제가 아니라 우리 모두의 문제인 거죠. 어떤 식으로든 관계돼 있으니까요. 양극화가 심화되는 이즈음 참된 지식인의 역할은 사회시스템과 빈곤계층 간의 관계를 인문학적으로 살펴봐야 하는 거죠.

최근 주목받고 있는 사회배제이론social exclusion theory에서는 "기존의 화폐 중심적인 빈곤개념에 반하여 빈곤을 초래하는 원인의 다차원성과 동태적인 프로세스poverty as process에 주목하면서 빈곤을 분배적 문제로부터 관계적 문제로 바라봐"야 함을 강조하고 있네요.

빈곤뿐이 아니죠. 사회의 모든 문제는 관계의 문제로 환원될 수밖에 없어요. 장애, 인권, 젠더 등 인문학적 성찰이 없다면 결코 나아지지 않을 문제들이죠. 재삼 강조컨대, 인문학은 곧 관계에요.

—2017.06.13

학자의 글은 대체로 고리타분하죠. 쉽게 쓸 수 있는 것도 어렵게 쓰니까요. 불친절해요. 얼핏 이해가 되기도 해요. 글을 꾸밀 시간에 한 자라도 더 보겠다는 학문적 열망이 앞서서 그럴 것이려니 생각하면 말이죠. 저야 이리 관대하지만 철학자 쇼펜하우어에겐 어림없는 얘기죠. 학자의 글이란 자기 의견은 없고 인용만 무성한 3류 글이라고 일갈하거든요.

숫제 글쓰기의 기본이 안 된 학자도 있어요. 게으른 학자지요. 그의 글은 시간이 지나도 나아지지 않아요. 당연하죠. 내는 책도 매양 우려먹기에 불과하죠. 그래서 신뢰할 수 없고요. 안타깝게도 제 주변에는 그런 학자들이 훨씬 많아요. 학문도 게으르고, 아니 학문적으로 게으르니 글쓰기도 형편없는.

몇몇 학자의 외미(?)있는 저작은 따라 읽기를 시도하는 편이에요. 그래서 얼핏 알죠. 누구의 학문이 깊어지고 있는지, 누가 학교 이름이나 팔아먹으며 안주하는지, 허망한 권위에 스스로를 가두고서 놀고먹는지.

인문학자 김헌의 책을 두 번째로 읽고 있어요. 워낙에 제 관심사를 쓰고 있어서죠. 전작 《위대한 연설》김헌 지음, 인물과사상사 출간은 조금 아쉬웠어요. 내용이 빈약했다기보다는 그의 글쓰기가 다소 부자연스럽고 딱딱해 보였거든요. 수사rhetoric를 다루는 그의 수사가 미숙해 보였달까요. 프롤로그의 '사람'이라는 별명을 가졌던 친구 얘기는 인상적이었지만~~^^

지금 읽고 있는 김헌의 책은 《인문학의 뿌리를 읽다》김헌 지음, 이와우 출간에요. 앞부분 조금 읽다가 깜짝 놀랐어요. 절로 탄성이 터졌지요. 그의 글쓰기가 어느새 한 경지를 이루었다는 느낌이에요. 본격 학문서는 아니지만 그의 깊고 풍부해진 수사 능력이 여실히 드러난 책이에요. 한동안 신문에 글을 쓰더니 저널적 글쓰기를 연마해서 그런 걸까요? 이번 책에서 본 그의 글은 참으로 쉽고 경쾌하며 수사적 아름다움이 묻어나네요.

간결한 프롤로그도 탁월했거니와 "아킬레우스의 선택, 불멸의 명성"의 도입부는 가히 압권이에요. 좀 긴 듯하지만 기록해 두는 이유죠.

나무는 슬프다. 하늘에 닿으려는 열망이 땅에 뿌리를 박고 있어야만 하는 운명으로 끝내 좌절되었기 때문이다. 나무는 무궁무

진한 하늘을 바라보며 땅에 붙박인 자신의 몸뚱이를 안타까워할 지도 모른다. 하지만 나무는 아름답다. 땅에 뿌리를 박아야 하는 운명에 짓눌려 하늘에 대한 열정을 포기하는 일이 없기 때문이다. 하늘이 너무 높아도, 계절이 혹독한 입김으로 잎을 무너뜨리고 헐벗겨도, 끝내 좌절하지 않고 봄으로 살아나 꿋꿋이 하늘에 대한 꿈을 키워나간다. 절망은 없다. 찬란한 신록은 봄마다 폭죽처럼 터져 하늘에 대한 희망이 계속됨을 천명한다. 나이테로 관록을 늘려갈수록 나무는 조금씩 하늘에 다가가며 열매를 맺고, 새로운 씨앗을 땅에 뿌리며 꿈을 이어간다. 밤하늘의 무수한 별은 어쩌면 나무가 꾸는 꿈이 피어난 것일지도 모른다.

　더 놀라운 것은 하늘을 향한 상승 욕구가 높아질수록 땅속으로 자신을 더 깊이 뿌리박는 나무의 지혜다. 단단한 땅으로 뚝심 있게 파고들어 자신을 깊이 묻어가는 한편으로 창공을 향해 끊임없이 높이를 더해가는 푸릇푸릇한 나무의 생태. 땅으로 깊어갈수록 하늘로 높이 갈 수 있음을 아는 지혜가 심오하다. 감탄을 자아낸다. 살아서 하늘로 날아오를 수 없는 한 하늘에 대한 희망은 망상일 뿐이라고, 뿌리가 깊어지면 하늘로 상승하려는 소망은 더욱더 실현될 수 없다고 말하지 마라. 한계를 알면서도 도전을 포기하지 않고, 자신의 운명을 받아들이면서도 절망하지 않기에 나무는 진정 위대하다. 인간도 나무처럼 슬프다.

─김헌,《인문학의 뿌리를 읽다》본문 중

─2017. 03. 07

신경숙 표절 사태, 우리도 공범이다

이 와중에 이런 글이 무슨 소용일까. 공연히 욕먹기를 자처하는 것 아닌가. 그럼에도 이런 글을 쓰는 이유는, 신경숙 표절사태가 가뜩이나 위축된 한국문학의 싹을 자르는 빌미가 되어서는 안 된다는 절박한 마음에서다. 그간 줄기차게 한국문학을 홀대해 왔던 우리 모두에게도 일말의 책임이 있음을 아프게 고백하고, 통렬하게 성찰해야 한다. 그래야 사태를 터뜨린 쪽의 의도에도 부응하는 것일 테다.

언론과 페이스북 등 SNS는 온통 신경숙과 창비에 대한 비판으로 도배되다시피 하네요. 그 누구도 자신의 공범 가능성에 대해서는 일말의 가능성조차 염두에 두지 않는 거죠. 하여, 이 와중에 쉽게 나오는 말이 "내 그래서 일찍이 한국소설은 거들떠보지 않았다"고 자신의 빈곤한 독서를 정당화하거나 "앞으로도 읽을 생각이 없다"는 식의 식언을 쏟아내요. 내 생각엔 바로 그러한 말과 글 속에 공범의 혐의가 담겨 있는데 말이죠.

페이스북에서 발견한 글들을 살피면서 공범의 혐의들을 구축해보려고 해요. 소설가 이순원의 글을 보면 신춘문예의 심사 과정에서 걸러지지 않은 표절작이 당선작으로 결정된 뒤 뒤늦게 표절로 밝혀져 부랴부랴 당선을 취소하는 사태를 빚은 경험담이 나와요. 물론 표절의 심각성을 일깨우기 위해 끄집어낸 것이고요.

와중에 페이스북에 올라온 글 중에는 "소설 읽지 않는 세태를 탓하지 마세요. 사필귀정이라고 보면 됩니다"라는 주장이 담겨 있네요. 전제와 결과가 전도된 글로 보였어요. 좀 풀어보면 이런 뜻일 테죠. '표절이나 해대는 소설을 읽지 않는 것은 당연하다. 그렇기 때문에 읽지 않은 것이고, 사필귀정이다.'

내 생각은 그와 정반대에요. 이러한 사태가 터지는 가장 근본적인 이유가 바로 소설을 읽지 않는 세태에 있기 때문이죠. 윗글을 내 식으로 바꿔보면 이래요. "잇단 표절 사태는 우리 소설문학을 홀대하는 작금의 세태가 만들어낸, 어쩌면 충분히 예상됐던 비극이다. 그야말로 사필귀정이다."

역시 페이스북에 오른 어떤 기자의 글은 더욱 충격적이네요. 일부를 옮겨 볼까요. "사실 나의 소설 독서는 주로 고전부터 20세기 중반까지라서, 동시대 소설은 많이 못 읽었고, 신(경숙)작가 것은 안 읽었다."

놀라운 일이에요. 당대의 모국어소설을 읽지 않고도 기자가 될 수 있고, 또 그럼에도 불구하고 이번 사태에 대해 조언을 하고 있는, 그 기자의 천연덕스러움이 어이없다 못해 서글프네요. 그토록 유명한 작가가 연거푸 표절한 작품을 발표했는데도 우리 언론은 별무반응이었어요. 윗글은 그 이유의 일단을 알려주는 거죠. 시쳇말로, 아예 읽지를 않으니까요.

사태의 와중에 비평계 또한 도마 위에 올랐어요. 문단 권력에 놀아났다는 둥, 직무유기라는 둥 말들이 많죠. 내 보기엔 그게 아니에요. 역시 안 읽는 거죠. 알고 지내는 모 문학평론가의 말이 떠오르네요. "읽을 소설이 없어요." 개소리죠. 읽을 게 없는 게 아니라 읽지 않는 거잖아요. 문학평론가라는 그럴 듯한 직함을 걸어두고 강단에 안주하며 페이스북에서 글솜씨 뽐내느라 정작 문학은 뒷전으로 밀어놓고 있는 얼치기 평론가가 부지기수인 거죠.

당대의 한국소설은 우리의 모국어에 생명력을 불어넣는 모유라 할 수 있어요. 따라서 당대의 소설을 읽지 않는 세태는 모유를 외면하고, 불량식품에 의존해 육체와 정신을 탕진하는 꼴에 다름 아닌 거죠. 버젓이 당대 모국어의 최전선을 외면한 글쟁이와 지식인이 창궐하는 꼴이란 목불인견이에요. 학문과 사유의 깊이가 제 아무리 깊고 높다한들 그걸 모국어로 풀어낼 수 없다면 사상누각일 뿐이죠. 모국어로 된 소설과 시를 읽지 않으면서 어떻게 정제된 사유를 표할 것이며, 어떻게 공감을 얻는 학문을 구축할 것이란 말인지요.

신경숙, 잘못했죠. 어이없는 대응은 더 큰 잘못이었고요. 그렇기로, 그의 문학적 가치를 일거에 끌어내리려는 시도는 위험하고 온

당치 않아요. 청문회에 나선 공직후보자의 과거 비위를 눈감는 것처럼 유야무야하자는 말이 아니고요. 다만 이러한 사태를 빚어낸 원인 중엔 당대 모국어문학을 홀대해 온 우리의 잘못도 포함된다는 걸 인정하자는 거죠. 눈 밝은 독자가 늘면 작가도 함부로 표절하지 못하죠. 바둑에서든 정치에서든 문학에서든 상대를 얕잡아 볼 때 꼼수를 쓰죠. 우리 모두 결코 얕잡아 볼 수 없는 눈 밝은 독자가 되자고요.

* 2년 전 신경숙 표절 논란이 뜨겁게 달아오르던 때 쓴 글이에요. 당시 이 글 탓에 욕도 많이 먹었고, 여러 명의 페친도 떨어져 나갔지요. 그럼에도 다시 올리는 이유는 제 생각에 변함이 없기 때문이에요.

—2017.06.19

음악이 없다면,
삶은 하나의 오류다

로마Roma를 거꾸로 읽으면 아모르Amor, 즉 '사랑'이 되죠. 오르페우스의 노래는 늘 사랑이 주제였지요. 그것은 오르페우스의 노래를 상상한 시인 오비디우스의 주제이기도 했고, 나아가 오비디우스를 키운 로마 문화의 커다란 주제이기도 했죠.

세상은 과학의 문법대로 서술되는 것만은 아니에요. 사랑하면, 세상이 달리 보이니까요. 가인의 노래는 우리의 마음과 감각을 새롭게 뜨게 해주죠. 음악은 사랑하는 사람의 마음의 울림을 표현한 것이고요. 그래서 니체는 "음악이 없다면, 삶은 하나의 오류다"라고 했고, 소설가 율리 체Juli Zeh, 《형사 실프와 평행 우주의 인생들》의 작가는 "인간의 생각은 악보이고, 인간의 삶은 재즈처럼 비딱한 음악"이라고 했죠.

애정이라는 단어는 느낌이라는 뜻의 'affect'에서 유래했어요. 애정은 신체적 친밀함과 감정적 친밀함 모두를 아우르는 거죠.

섹스는 다섯 가지 열쇠가 모두 포함되었을 때 절정에 이른다고 해요. 건강한 관계에서 섹스는 주의 깊고, 수용적이고, 인정하고, 애정으로 충만하며 지극히 허용적이어야 하는 거죠. 현명한 어른이라면 단순한 욕구로서 자기가 원하는 대로 행하는 섹스와 특별한 유대감에서 이루어지는 배려 깊은 섹스가 어떻게 다른지 알고 있죠.

진정한 사랑은 기성복을 구입하듯이 옷걸이에서 벗겨오는 것이 아니잖아요. 그것은 사랑하는 대상에게 특별히 맞추어서 재단되죠. 진정으로 당신을 사랑하는 사람을 놓아주는 것이 고통스러운 것은, 바로 그처럼 특별한 방식으로 받던 그 사랑을 포기해야 한다는 사실 때문이지요.

—2017.03.23

양자역학의 출현

자연과학에는 크게 두 개의 분야가 있어요. "이론과학이 자연을 이해하기 위한 학문이라면, 응용과학은 자연을 변화시키는 학문이다." 버트런드 러셀의 명쾌한 설명이죠. 20세기까지 서구의 과학사는 곧 이론과학의 역사였고요. 서구는 역사상 몇 차례 혁명적인 순간을 겪었죠.

2000년 전, 논리와 증명이 탄생했다(자연을 관찰하고 순응하는 데서 그치지 않고 그 속에서 규칙을 찾고 의미를 발견하기 시작했다).

400년 전, 자연에 대한 새로운 지식의 토대가 구축됐다. 케플러Johannes Kepler는 프라하에서 천체의 운행규칙에 관한 지식에 획기적인 진전을 이루었고, 갈릴레이는 파도바와 피렌체에서 망원경으로 천체를 관측(별들에 대한 새로운 지식 발견)했다. 관성과 운동규칙 일반에 대한 새로운 이해를 제공했다. 결정타는 뉴턴이었다. 뉴턴에 이르러 세상의 작동원리에 관한 정량적 지식이 완성됐다.

19세기, 화학과 열역학이 크게 발전했다. 원자의 개념이 공유됐고, 찰스 다윈은 생물체를 바라보는 인간의 관점을 완전히 바꾸어 놓은 거대한 사상을 펼쳤다.

20세기, 인간은 물질의 기본구조에 대해 새로운 지식을 축적했다. 양자역학의 출현이다. 양자역학은 자연의 운동법칙에 대한 차원이 다른 정교한 이해와 깊이 생각할 주제들을 가져다 주었다. 양자역학은 1900년 12월 막스 플랑크Max Planck가 흑체복사black-body radiation 현상을 설명하려다 우연히 탄생한 작용양자quantum of action라는 개념에서 출발했다.

방대한 과학사를 이리 간단하게 정리하고 보니 허탈하면서도 속이 시원하기도 하네요. 각 시기에 발견 혹은 증명된 지식과 개념에 대한 논의는 차치하고 일단 흐름을 짚는 일이 공부의 시작이죠. 작년 겨울 포기했던 《퀀텀 스토리》짐 베것Jim Baggott 지음, 반니 출간를 야심차게 다시 펼쳤어요. 대장정 앞두고 은연 긴장감이 엄습하네요. 더위 따위는 잊은 지 오래고요.

—2017.07.22

전문가 바보(fachidiot)와 아마추어리즘

"만약 당신이 가진 도구가 망치 하나뿐이라면 당신은 모든 문제를 못으로 보게 될 것이다."

마크 트웨인의 말이에요. 공부를 한다는 것은 인생의 활로를 뚫기 위한 다양한 도구를 확보하는 일인데 만약 망치라는 도구 하나에 만족한다면 할 수 있는 일이란 고작 못을 박는 것밖에 없다는 거죠. 세상 모든 일이 못일 리는 없는데 말이죠.

뭐가 됐든 한 가지만 잘 하면 먹고사는데 지장이 없다는 생각이 지배하던 시대가 있었죠. 이른바 스페셜리스트가 되라는 건데, 그런 관념은 20세기 중반의 미국사회에서 싹 트기 시작했고, 곧이어 우리나라에 전파되었어요. 전후(2차 대전) 호황을 누리면서 덩달아

폭증하는 교육수요를 감당키 힘들어진 대학들이 인문교육을 포기하는 대신 단순 기능인을 양성하는 방향으로 나아갔던 것이죠. 참고, 월터 카우프만, 《인문학의 미래》 동녘 출간

그렇게 한 분야의 기능을 익혀 사회에 나와 전문가 대접을 받는 사람들이 늘면서 소위 전문주의라는 허상이 만들어지고 그 멍청한 전문주의는 사회 전반에 커다란 영향을 끼치는 중요한 이슈에 대해 집단적으로 침묵하거나 외면·왜곡해서 결국 곪아터지게 하는 우를 범하죠. 이런 현상에 대한 지식계의 우려는 어제오늘의 일이 아닌데 그중 특히 서경식 교수가 들려주는 에드워드 사이드Edward Said, 《오리엔탈리즘》의 저자의 지적을 새겨들을 필요가 있죠.

"사이드는 오늘날 지식인 본연의 자세를 위협하는 것은 아카데미도 저널리즘도 출판사의 상업주의도 아닌 전문주의스페셜리즘라고 단언한다. "현재의 교육제도로는 교육 수준이 높아질수록 그런 교육을 받은 사람은 좁은 지知의 영역에 갇혀버린다. 전문 분화된 사람, 사이비 지식인들이 정부나 기업 주변에 모여든다. 그 복합체를 형성하는 무수한 세포와 같은 개개의 사람들은 얼핏 가치중립적인 전문가처럼 보이지만 전체적으로 보면 무자비하다고 할 정도로 냉혹하게 권력을 행사하거나 이윤을 추구한다.

사이드는 이런 전문주의에 저항하기 위해 아마추어리즘에 입각해야 한다고 주장했다. 아마추어리즘이란 이익이나 이해, 또는 편협한 전문적 관점에 속박되지 않고 걱정이나 애착이 동

기가 돼 활동하는 것이다. 현대의 지식인은 아마추어가 되어야 한다. 아마추어라는 건 사회 속에서 사고하고 걱정하는 인간을 가리킨다."

―참고, 서경식, 《내 서재 속 고전》 나무연필 출간

공부는 자신의 내면에 나무를 심는 것과 같다. 어떤 학자가 쓴 책을 읽고 그 안에 담긴 지식과 세계관을 공부하면 나의 내면에는 그 학자의 나무가 옮겨 심어진다. 적극적으로 다양한 공부를 하는 사람이라면 나무의 종류도 가양각색일 것이고 숲은 면적도 넓을 것이다. 반대로 공부를 게을리 했다면 숲이라고 말하기 어려울 정도로 내면이 황량할 것이다. 다양한 나무가 자란 숲을 키운 사람은 그 안에 괴테라는 나무도 가지를 뻗고 있고, 도스토예프스키 나무, 플라톤 나무도 자란다.

―참고, 사이토 다카시齊藤孝), 《내가 공부하는 이유》 걷는나무 출간

'전문가 바보fachidiot'라는 말이 있어요. 자기의 전문영역에만 빠져 보편적으로 이해하고 분석하는 능력을 갖추지 못한 사람이죠. 한때 대접받았으나 앞으론 설 땅이 없어요. 망치만 가진 사람은 집을 짓지 못해요. 한 종류의 나무만 심어서는 숲을 이루지 못하고요.

―2017. 07. 24

너에게 묻는다

안도현의 시 〈너에게 묻는다〉가 강한 생명력을 갖게 된 이유는 아마도 삶을 되돌아보게 해주기 때문일 겁니다. 시란 그런 것이 아닐까 싶고요. 저마다 자신의 삶을 되돌아보게 해주는 그 무엇, 얼마나 큰 위안이고 고마움인지요.

이어지는 시 〈연탄 한 장〉을 통해 시인은 다시금 삶의 의미를 음미하지요. "또 다른 말도 많고 많지만/삶이란/나 아닌 그 누구에게/기꺼이 연탄 한 장 되는 것" 그러고 나서 곡진하게 결하지요. "생각하면/삶이란/나를 산산이 으깨는 일"

다시, 너에게 묻는다. 너는 누구에게 단 한 번이라도 뜨거운 가슴이었던 적이 있는가, 뜨거운 사랑이었던 적이 있는가? 온기어린 손 내밀어 본 적이 있는가?

그러나 시인들은 삶 앞에서 끊임없이 좌절하지요. 장석주는 자신의 시를 일러 "먹어서 허기를 면할 수도/갈아서 무기로 쓸 수도 없는,/그것이 나의 시다"라고 절규했고, 채광석은 "오늘 내 시가 한 봉지 라면이었으면 좋겠다"고 소박한 소망을 담아내고 있지요.

소박하기로 노르웨이 시인 올라브 하우게Olav H. Hauge를 당하기 어렵겠네요. "내게 진실의 전부를 주지 마세요/나의 갈증에 바다를 주지 마세요/빛을 청할 때 하늘을 주지 마세요"라고 읊고 있으니 말이죠.

밥이 되지 못하고, 무기가 되지 못하고, 연탄이 되지 못하고, 한 봉지 라면조차 되지 못하고, 세상의 진실을 품어내지 못하는 괴로움일망정 시인은 시를 통해 존재하며, 시는 또한 벌거벗은 우리네 삶에 따스한 옷을 입혀주는 부드러운 손길인 것이 분명하죠. 폭서기의 한 중간 이열치열의 마음으로, 내가 너에게 묻노니, 너는 누구에게 한번이라도 따스한 손길이었느냐?

연탄재 함부로 발로 차지 마라
너는
누구에게 한번이라도 뜨거운 사람이었느냐?

— 안도현, 〈너에게 묻는다〉

— 2017.07.28

악어의 논법과 래퍼포트 규칙

상대가 무슨 말을 하든 오로지 자기 말만 옳다고 우기는 사람이 있어요. 더 나쁜 건 마치 상대의 의견을 잘 들어줄 것처럼 가식의 소통의사를 표하는 사람이죠. 테세우스신화에 등장하는 프로크로크테스의 침대도 그와 비슷한 사람의 예라 하겠죠. 누가 뭐라던 자기방식만 고집하는 사람, 도대체 대화가 안 되는 사람의 어법을 일러 '악어의 논법'이라고도 하죠.

토론과 논쟁을 잘 하기 위해서는 쇼펜하우어의 논쟁술을 읽는 것도 좋겠지만 그보다 중요한 건 다른 사람의 의견을 경청하는 자세를 갖추는 것이에요. 듣지 못하는 사람은 상대의 의견에 반박하는 것은 물론이고 제대로 말하는 법도 알 리 없으니까요. 그런 면에서

대니얼 데닛Daniel Dennett의 《직관펌프, 생각을 열다》대니얼 데닛 지음,
동아시아 출간에서 소개하는 래퍼포트 규칙은 신선하게 다가오네요.

참고로, 아나톨 래퍼포트Anatol Rapoport는 '죄수의 딜레마' 토너먼
트에서 우승한 이력을 가진 사람이에요. 비판적 논평을 잘 하고 싶
은 사람이라면 래퍼포트의 규칙을 따라해 볼 필요가 있네요.

1. 상대방의 입장을 매우 명확하고 생생하고 공평하게 다시 표현하
   여 상대방이 "고맙습니다. 그렇게 표현하는 건 미처 생각 못했네
   요"라고 말하게 한다.
2. 의견이 일치하는 지점을 모두 나열한다.
3. 상대방에게 배운 것을 모두 언급한다.
4. 이렇게 한 뒤에야 반박하거나 비판할 자격이 생긴다.

쉽지 않겠지만 래퍼포트 규칙을 시도하다보면 그 시도만으로도
사람관계가 얼마나 크게 개선되는지 실감하게 될 거예요. 사람으로
태어나 악어로만 살 수는 없는 거죠.

—2017.07.31

낙상매

요즘 사람들이야 심심할 틈이 없죠. 스마트폰만 있으면 언제 어디서든 즐겁게 시간을 보낼 수 있으니까요. 옛 사람들은 여가를 어찌 보냈을까요? 궁금하던 차에 맞닥뜨린 말이 있네요. '일응이마삼첩一鷹二馬三妾'이란 말인데요, 이 세상에서 제일 재미있는 건 매사냥이고, 둘째는 말 타기, 셋째가 첩을 두는 것이라는 뜻이에요.

그러고 보니 매사냥에 얽힌 일화가 많아요. '옹고집'이라는 말도 '응鷹고집'에서 나왔고, '시치미를 뗀다사냥감 도둑이 매의 깃털에 붙여놓은 이름표를 뗀다는 뜻'는 말 역시 매사냥에서 비롯됐다니 말이죠.

내친 김에 매에 대해 좀 더 알아보자고요. 매는 올빼미와 참수리, 황조롱이 등과 함께 맹금류육식조류라고 해요. 몸이 강건하고 성질이 용맹하죠. 부리와 발톱이 매우 날카롭고 꼬부라져 다른 새를 채거나 고기를 찢기에 알맞고, 날개가 커서 빨리 날며, 날개털이 보드라워 소리가 적게 나서 다른 새에 몰래 접근하기 쉽죠. 무엇보다 예의주시하는 맹금류의 눈알은 매섭고 예리하기로 유명하죠. 새는 맹금류bird of prey 외에도 물에 사는 수금류water bird가 있는데, 수금류는 또 헤엄을 치는 유금류swimming bird와 걸어다니는 섭금류wader로 나뉘죠. 그밖에도 노래를 잘 부르는 명금류song bird와 두 다리로 걸어다니는 타조나 키위 같은 주금류flightless bird가 있지요.

참매, 참수리라는 말이 나왔으니 '참'자가 붙은 것들도 알아볼까요. 참꽃진달래, 참새, 참나무, 참꼬막 등에 붙은 건 종을 대표할 만큼 우리에게 친숙하고, 맛나고, 참하다는 뜻을 내포하고 있죠. 사람 중에도 참사람이 있고, 사랑도 참사랑이 최고인 것처럼요.

매사냥이란 매를 잡는 사냥이 아니라 매를 이용한 사냥을 말하죠. 매를 길들여서 꿩이나 토끼를 잡았는데 매사냥에 쓰인 매가 바로 참매로, 보통 사냥매를 송골매라 하고 앳된 새끼 때부터 길들인 1년생을 보라매라고 부르지요. 1년생 매는 또 일진이라고도 해요. 2년생은 이진이, 3년생은 삼진이가 되겠고요. 산에 사는 매는 산진이, 집에서 기르는 매는 수진이라 부르고 송골매는 해동청골海東靑鶻에서 골鶻자를 빌려왔다고 봐야겠지요.

오늘 글의 제목에 붙인 낙상매는 어릴 적 둥지에서 떨어져 상처 입은 매(어미매가 먹이를 둥지보다 높은 곳에서 떨어뜨리면 그걸 받아먹으려고 발버둥치다 둥지 밑으로 떨어지는 새끼매가 상처를 입게 되죠.)를 뜻하는데요. 그런 매가 커서 임금님 사냥에 따라나서

는 용맹한 매가 된다는 일화가 있어요. 상처는 일종의 결핍인데요,

결핍을 가진 매가 더 용맹하게 성장한다는 교훈을 주는 거죠.

—2017.08.02

감각은 투영이고, 투영은 왜곡을 낳는다

불행했고, 불행하고, 앞으로도 쭈욱 불행할 거예요. 저 말이에요. 두 가지 이유에서죠. 욕심이 많아서이고, 이렇다 할 전공을 갖지 못했기 때문이죠. 세상 모든 일에 관심을 갖는다는 건 실은 세상 모든 일에서 스스로를 격리시키는 일이죠. 그렇게 저는 고립됐고 소외를 살아 왔어요. 너무 다양한 분야를 탐닉하다 보니 어느 것 하나 깊이 들어가지 못했고, 그저 그런 잡담꾼이 되고 말았죠.

여기 행복한 사람이 있어요. 적어도 행복해 보이는 사람이에요. 그가 지적으로 얼마나 성실한지, 얼마만큼의 지적 성취를 이루었는지는 솔직히 알지 못해요. 그럼에도 그는 자기분야 번역서를 감수하고 '감수의 글'을 쓰죠. 부럽고 존경스럽죠. 더구나 글이 굉장히 좋아요. 다 읽지 않은 책을 언급하는 건 선부르고 위험한 일이지만 카라 플라토니Kara Platoni의 《감각의 미래》카라 플라토니 지음, 흐름 출간는 이정모 관장의 '감수의 글'과 프롤로그만 읽고서도 글을 쓰고 싶게 만드네요. 그래서 이 글은 《감각의 미래》라는 책에 대한 글이 아니라 전적으로 저를 위한, 저의 글이죠.

우선, '감수의 글'에서 인지과학에 대한 설명 부분과 프롤로그에 나오는 인식과 감각에 관한 부분만 옮겨볼게요.

"현대는 '그린 테크놀로지의 시대'라는 말이 있다. 여기서 그린은 green이 아니라 GRIN으로 Genetics유전학, Robotics로봇학, Information Science정보학, Nanotechnology나노기술를 말한다. 각각의 학문이 제각각 발달하다가 만나는 한 지점이 있는데, 그것은 바로 인지과학이다."

"인지과학Cognitive Science은 생명의 특징 가운데 하나인 '자극에 대한 반응'에 천착한 학문이다. 인지란, 글자 그대로 해석하면 '어떤 사실을 인정해서 안다'는 것이다. 여기에는 자극을 받아들이고 저장하고 인출하는 과정이 얽혀 있다. 우주는 빛, 소리, 냄새, 맛, 온도, 감촉 같은 자극을 통해 나와 연결되어 있다. 내가 살아있다는 뜻은 우주의 자극에 반응한다는 것을 말한다. 인지과학의 출발점 역시 세상의 자극을 우리의 뇌가 어떻게 받아들이고 반응하는지를 탐구하는 것이다."

다음은 인식과 감각, 그리고 감각의 전달 경로에 대한 저자 카라

플라토니의 설명이에요.

"지금까지 내가 배운 가장 중요한 사실은 다음과 같다. '현실'에 대한 단 하나의 보편적 경험은 없고 다 함께 공유하는 세상에 대한 객관적인 묘사도 없다. 오직 '인식'이 있을 뿐이다. 그리고 '당신'에게만 '진짜처럼 보이는 것'이 있을 뿐이다. 인식의 대상은 정신이 받은 인상, 감각, 경험을 구체적으로 표현한 것에 불과하다. 인식의 대상은 현실이 아니다. 거울에 비친 모습이 현실이 아닌 것처럼. 거울에 비친 것은 사물이 투영된 모습이지 사물 자체가 아니다."

"모두 알다시피 투영은 왜곡될 수 있다. 그 이유는 두개골에 의해 보호받는 젤리 같은 전해질인 뇌가 외부세계와 직접 상호작용할 방법이 없기 때문이다. 감각은 외부세계와 두뇌를 매개하고, 감각을 통해 전달되는 정보는 언제나 중개과정을 거친다. 신경계의 감각 영역은 일종의 입력 경로다. 과학자들은 이 경로에 위치한 뉴런을 구심신경이라고 부른다. 구심신경은 뇌로 정보를 전달한다. 감각신경계에는 출력 경로인 원심신경도 있다. 이 신경은 중앙신경계인 척추와 뇌에서 송출하는 지시를 전달한다. 원심신경은 운동을 담당하여 반응과 동작을 통제한다."

다시 생각해보니 저도 그리 불행하기만 한 건 아니네요. 지금 저

는 과학책을 읽고 있어요. 내일이면 소설을 읽을 것이고, 다음 주엔 아마도 그림에 관한 책을 보게 될 거예요. 제가 과학책의 감수자로 나설 일은 없을 거예요. 물론 소설이나 미술책의 감수나 번역을 하는 일도 없을 것이고요. 다만, 저는 강의를 통해 과학도 언급하고 문학도 예술도 언급할 거예요. 아마추어로서 부담 없이, 그러나 대단히 진지하게.

행불행의 경계는 모호하죠. 모든 이의 삶은 그 경계를 서성이는 것일 테죠. 오늘은 왠지 불행 쪽을 걸었었나 보네요. 아무렴, 내일은 행복 쪽으로 걸으면 그만이죠.

—2017.08.17

PART
2

／
살
／
다
／

주름, 삶이라는 책에 그은 밑줄

언젠가 어머니 이마의 굵은 주름을 보면서 '저건 어쩌면 삶이라는 책을 읽다가 기억하고 싶은 부분에 그어놓은 밑줄일지 모른다'고 생각한 적이 있어요. 그러니 주름 많은 어머니와 함께 사는 저는 행복한 사람이지요. 고달프고 힘들 때마다 어머니의 주름을 보면서 마음의 안정을 찾을 수 있었으니까요.

지난한 어머니의 삶은 잔잔한 호수에 비교할 수 없지요. 요동치는 파도와 급류, 높디높은 폭포의 정수박이에서도 끝내 떨어지지 않으려 버티고 버틴 삶이었을 테죠. 그런 극한의 인내와 버팀, 침묵의 언어에 그어놓은 밑줄인 주름을 보는 일은 그래서 언제나 아픔이면서 존경일 수밖에 없죠.

그런 어머니와 함께했거늘 어찌하여 제 인생의 밑줄은 이리도 흐리고 빈약하기만 한지요. 책을 읽으며 와 닿는 문장에 밑줄 치는 습관을 들인지 오래지만 정작 내 인생의 고비고비에 처놓은 밑줄은 보이지 않네요.

"살면서 누구나 한번쯤은 먼지 자욱하고 단조로운 포플러 가로수 길을 따라 걸어가는 듯한 느낌이 드는 시절이 있을 것이다. 자신이 어디에 있는지도 모르는 채, 다만 자신이 먼 길을 걸어왔고 나이가 들었다는 서글픔밖에는 아무것도 기억에 남지 않는다. 이렇게 인생이라는 강물이 조용히 흐르는 동안, 그 강은 언제나 한결같은 강이며 변하는 것은 단지 강의 양옆으로 펼쳐진 풍경뿐이다.

그러다가 우리는 인생의 폭포를 만나게 된다. 이때의 기억은 오래도록 남아 있다. 우리가 폭포를 멀리 지나와 영원이라는 고요한 바다에 점점 더 가까이 다가가도 폭포의 우렁찬 굉음은 여전히 들린다. 그렇다. 우리는 우리가 가지고 있고 우리를 앞으로 나가게 하는 생명력이 여전히 그 폭포에 원천을 두며 양분을 얻고 있다고 생각하게 된다."

— 막스 뮐러, 《독일인의 사랑》 막스 뮐러 지음, 더클래식 출간 중에서

무연히 폭염의 거리로 뛰쳐나가고 싶은 헛된 욕망에 사로잡혔던 어제 오후 그 욕망을 다스리기 위해 다시 책을 펼쳤지요. 거기 밑줄 그은 문장들을 다시금 음미하면서 곰곰이 생각해보네요. 어쩌면 이 것은 막스 뮐러의 문장이 아니라 제 가슴에 담겨 있던 저의 문장일

지 모른다는.

　그렇죠. 저를 앞으로 나가게 하는 동력은 좁디좁은 강폭을 답답해하며 무작정 폭주하다가 종내 폭포로 떨어져 죽어버린 거친 욕망의 질주였을 것이죠. 부정한들, 이제사 두려워한들 그게 무슨 소용일까요. 그게 바로 마음 깊은 곳에 문신처럼 박힌 저의 본령인 것을. 조만간 어머니 가슴에 머리를 묻으며 나직하게 알려드려야겠어요.

　"어머니, 저도 드디어 제 삶의 책에 밑줄 하나 그어 놓았어요."

—2017.07.27

당신의 이름은 무엇인가요?

"이름을 안다는 것은 그리움을 갖는 것입니다. 이름 모를 꽃이 피기를 기다리는 사람은 없습니다. 이름을 알면 저절로 기다려집니다. 언제 꽃이 필지 손꼽아 기다립니다. 동백이 반갑고, 쑥부쟁이가 더없이 예뻐 보이는 건 오랜 기다림이 이루어진 것이기 때문입니다."

시인 안도현의 특강에서 들었던 이야기에 내 생각을 더해 지어 본 문장입니다. 저의 졸저《결핍을 즐겨라》에 실었던 글이기도 하고요.

누군가의 이야기에 깊이 공감하는 것은 소중합니다. 그의 말과 나의 생각이 어우러져 새로운 사유와 새로운 문장을 지어낼 수 있기 때문입니다. 어떤 이는 이미 알고 있는 이야기를 다시 듣는 건

대수롭지 않은 일이라고 말합니다. 그런 시이라면 세상에 들을 만한 이야기는 별로 없습니다. 우린 이미 너무 많은 것을 알고 있고, 너무 많은 것을 자기 속에 가두고 있으니까요.

성철 스님이 고마운 것은 새롭고 놀라운 사실을 알려주어서가 아닙니다. 스님은 "산은 산이요, 물은 물이로다"라고 말씀하셨습니다. 그 말이 너무나 평범하고 명징해서 눈물이 나는 것입니다.

명함을 주고받는 건 단지 형식에 불과할지 몰라도, 상대의 손을 꼭 잡고 이름을 묻는 건 앞으로 당신을 그리워하겠노라고 고백하는 일이기도 합니다. 한 번 알게 된 이름, 오래전부터 알고 있는 이름들을 소중하게 간직하십시오. 언젠가 그 이름이 사무치게 그리워질 때가 있을 테니까요.

새로운 꽃의 이름, 나무의 이름, 시골길의 이름, 어린아이의 이름, 낯선 이의 이름을 알게 되는 것은 언제나 가슴 설레는 일입니다. 그 신선한 설렘으로 묻겠습니다.

당신의 이름은 무엇인가요?

—2017.03.13

외로움과 고독

"'외'가 들어가는 말들은 대체로 외롭다. 그 '외'는 홀로 있음을 뜻하기 때문이다. 외톨이가 그렇고, 외바퀴가 그렇고, 외나무다리가 그렇고, 외짝 신발이 그렇고, 외손뼉이 그렇고, 외아들이 그렇고, 외딴방·외딴섬·외딴길·외딴집이 그렇고, 외기러기가 그렇다. 사랑은 외로움을 치료하는 행위이지만, 자주, 더 큰 외로움을 낳는다."

천생 글쟁이 고종석의 '외'타령이네요. 공지영은 한 에세이에서 외로움과 고독을 절묘하게 대비하더군요. '외로움은 상대가 있는 거지만 고독은 스스로 선택한 것'이라고요. 그러네요. 외로움은 어떤 상대를 떠올리며 그리워하는 감정이죠. 반면, 고독의 상대는 철저하게 자기 자신이에요. 그러니 선택하라는 거지요. 누군가 때문에 외로울 것인지, 자기 자신의 내면을 들여다보며 고독할 것인지.

> 그 사막에서 그는
> 너무도 외로워서
> 때로는 뒷걸음질로 걸었다.
> 자기 앞에 찍힌 발자국을 보려고.
>
> —오르텅스 블루Hortense Vlou, 〈사막〉 전문

외로움이라는 말을 쓸 때마다 저절로 떠오르는 오르텅스 블루의 시 〈사막〉인데요. 시에 빗대서 말하자면 "외로움은 자기 발자국을 보는 일이고, 고독은 자신의 발자취를 들여다보는 일"인 거죠. 외로움은 또한 방황과 일탈로 이어지지만 고독은 독서에서 여행으로 이어진다고도 해요. 저는, 고독을 살겠어요.

—2017.01.31

기
다
림

"기다림은 더 먼 곳을 바라보게 하고, 캄캄한 어둠 속에서도 빛나는 눈을 갖게 합니다. 찔레꽃잎 따먹으며 엄마를 기다려 본 사람은 압니다."

신영복 선생님의 《처음처럼》신영복 지음, 돌베개 출간에서 따온 문장입니다. 꽤 오래된 일인데 여태 기억하는 건 뒤 문장 덕분입니다. "찔레꽃잎 따먹으며 엄마를 기다려 본 사람은 압니다." 정말 그런 경험을 가진 사람은 압니다. 엄마를 기다리는 일, 그 막연하고 막막하던 기다림…….

기다림의 미덕을 일깨워주는 우화도 있습니다. '하마 눈알 찾기'라는 아프리카 전래동화지요. 평화로운 연못에 천방지축 날뛰는 하마가 나타납니다. 설쳐대던 하마는 자신의 한쪽 눈알을 연못에 떨어뜨립니다. 당황한 하마는 눈알을 찾겠다며 이리저리 물속을 뒤지지만, 그럴수록 물은 흙탕물이 되어 갑니다. 기다리라는 친구의 조언은 무시됩니다. 울다 지친 하마가 넋을 놓고 있는 사이, 차차 물이 맑아지고, 그제야 하마는 눈알을 찾게 되지요.

기다림은 세상을 보는 눈을 찾는 일입니다. 누군가를 기다려 본 적이 있는 사람은 압니다. 세상에서 기다리는 일처럼 가슴 설레는 일이 없다는 것을. 황지우의 시 〈너를 기다리는 동안〉은 이럴 때 인용하라고 지어놓은 게 아닐까 싶습니다.

네가 오기로 한 그 자리에
내가 미리 가 너를 기다리는 동안
다가오는 모든 발자국은
내 가슴에 쿵쿵거린다
바스락거리는 나뭇잎 하나도 다 내게 온다
기다려본 적이 있는 사람은 안다
세상에서 기다리는 일처럼 가슴 애리는 일 있을까

네가 오기로 한 그 자리, 내가 미리 와 있는 이곳에서
문을 열고 들어오는 모든 사람이
너였다가
너였다가, 너일 것이었다가
다시 문이 닫힌다

사랑하는 이여

오지 않는 너를 기다리며

마침내 나는 너에게 간다

아주 먼 데서 나는 너에게 가고

아주 오랜 세월을 다하여 너는 지금 오고 있다

아주 먼 데서 지금도 천천히 오고 있는 너를

너를 기다리는 동안 나도 가고 있다

남들이 열고 들어오는 문을 통해

내 가슴에 쿵쿵거리는 모든 발자국 따라

너를 기다리는 동안 나는 너에게 가고 있다.

—황지우, 〈너를 기다리는 동안〉

—2017.03.18

엄마와 어머니

어머니를 요양원에 모신지 2년하고도 반년이 지났습니다. 나날이 치매증상이 악화되는 어머니를 더 이상 모실 수 없었습니다. 이후로 주말은 온전히 어머니를 뵈러 가는 날이 되었습니다. 요양원은 경기도 여주의 강변마을에 있고, 마침 근처에 누님 댁이 있어 어머니 뵙고 오는 길에는 늘 누님 댁에 들러 밥을 먹습니다. 어머니의 손맛을 그대로 이어받은 누님의 음식솜씨는 인근에 소문이 났을 정도입니다. 누님 댁에서 어머니 손맛을 만끽하고 나면 버릇처럼 강변에 나갑니다.

명색이 글쟁이로 삽니다만 시를 써본 적은 없습니다. 시를 모르는 데다 시상을 떠올리는 법도 모릅니다. 그런데 참 희한한 일입니다. 요양원에서 어머니를 뵙고 와서 여주강변에 서면 저도 모르게 시가 지어집니다. 좋은 시인지, 시이기는 한 건지 모르겠습니다. 다만 강변에 설 때마다 이런저런 단상을 떠올리곤 했습니다. 부끄럽지만 옮겨 봅니다.

강은 누워서 흐른다
강은 평생을 누워서 흐른다
세상의 소요와 혼탁에도 강은 다만 누워서 흐르고 또 흐른다

강가에 서면 아프다
서 있는 모든 것들은 아프다
이가 아픈 것도 서 있기 때문이다
이도 강처럼 누울 수 있다면 아플 리 없다

나무도 아프다
나무도 한평생 서서 살기 때문이다
얼마나 아팠으면 저리 가지만 앙상한가
겨울은 특히 나무가 아픈 계절이다

평생을 서서 일한 엄마는 이제야 강이 되었나 보다
강처럼 누워서 흐르고 또 흐른다
붙잡을 수 없는 속도로
붙잡아도 소용없는 단호함으로

나도 강이 되고 싶다

엄마 옆에 누워서 흐르고 싶다

엄마 젖 만지며 한없이 꺼지고 싶다.

—〈강변에 서서〉전문

시라고 부를 것도 없는 보잘것없는 잡감입니다. 그러나 그 순간
의 제 마음은 진실했습니다. 어떤 글을 좋은 글이라 하는지 잘 모릅
니다. 다만 솔직하게 쓴 글도 포함될 것이라 생각합니다. 제가 쓴
글을 읽다 보니 새삼 눈에 띄는 것이 있습니다. 어머니에 대한 호칭
입니다. 이 글에서도 먼저 나온 호칭은 '어머니'였습니다. 그런데
〈강변에 서서〉에선 '어머니' 대신 '엄마'라는 표현을 쓰고 있습니다.
이유를 모르겠습니다.

생각나는 일이 있습니다. 안양교도소에서 수인들을 대상으로 인
문학 강좌를 열었을 때였습니다. 수인들에게 가슴에 담아둘 시 한
편씩 지어보라는 과제를 내주었습니다. 외롭고 힘들 때 자신이 쓴
시를 읊조리면 마음이 한결 나아질 것이라는 조언도 덧붙였습니다.
수인 중 한 명이 쓴 시가 퍽 인상적이었습니다. 제목도 없는 시였
고, 시라 부를 만한 형식을 갖춘 것도 아니었습니다. 다만 제 마음
을 흔들어놓은 글이었습니다.

"태어나 줄곧 엄마라 부르던 분을 언제부턴가 어머니라 부
르게 되었습니다. 생각해보니 아마도 제 키가 엄마 키보다 커
졌을 때부터였던 것 같습니다. 그 뒤론 줄곧 어머니라 불렀습

니다.

어쩌다 이곳에 오게 되었고, 어머니가 첫 면회를 오셨습니다. 보자마자 눈물이 났습니다. 뜻밖에도 내 입에서 그간 줄곧 부르던 어머니 대신 엄마라는 말이 나왔습니다. 키는 여전히 제가 더 큽니다. 그러나 이곳에 들어온 저는 다시 어머니를 엄마라 부르게 됐습니다. 마음의 키는 여전히 엄마보다 훨씬 작다는 걸 알게 되었기 때문입니다."

—안양교도소, 어느 수인의 글

—2017.07.08

당신은 무슨 색깔인가요?

아이리스iris는 드라마 덕분에 유명해졌지만 사실 서구에선 연조가 꽤 깊은 어휘예요. 뜻도 참 다양하고요. 무지개라는 뜻도 있고, 붓꽃이기도 하며, 눈의 홍채를 가리키는 말이기도 해요.

그리스어로 iris의 복수형은 irides인데, irides 역시 다양한 색깔을 나타내는 물체의 이름에 등장하고 있어요. 물 위의 기름이나 비누 거품, 조개껍데기의 안쪽에 생기는 얇은 막 등은 보는 각도에 따라서 그 빛깔이 달라지는데 그것들을 일러 iridescence무지갯빛, 진줏빛라고 하는 거죠. 무지개가 그렇듯 붓꽃 역시 여러 가지 색깔을 담은 꽃이고요.

어원은 그리스 신화에서 비롯됐어요. 데미갓demigod, 半神 중 하나였던 아이리스는 애초 신의 전령사였어요. 그래서 그녀는 자주 하늘에서 땅으로 내려와야만 했는데, 이때 사용된 계단이 바로 무지개였던 거죠.

1803년 영국의 화학자 스미슨 테넌트Smithon Tennant는 다른 원소와 결합하면 다양한 색깔의 물질을 만들어내는 새로운 원소를 발견했는데 그는 이 원소의 이름을 이리듐iridium: 금속 원소, 기호 Ir, 번호 77이라고 지었어요. 복수형인 irides의 활용형인 거죠.

난데없이 웬 아이리스 타령이냐고요?

새벽에 천둥 번개가 요란을 떨더니 아침엔 거짓말처럼 화창하더라고요. 그 틈새에서 얼핏 무지개를 본 듯해요. 맑은 날 아침에 무슨 무지개냐 하시겠지만 어쩌면 제 마음이 무지갯빛을 그리고 있었던지 모르겠어요.

제 마음의 무지개는 신의 전령 아이리스가 타고 내려오는 다리가 아니라 다양한 색깔로 삶의 무늬를 다채롭게 수놓아 줄 무지개였을 거예요. 그러고 보니 오늘은 참으로 다양한 색깔의 사람들을 만날 듯하네요. 그들에게 저는 과연 어떤 색깔로 비칠는지요.

사람을 색으로 구분하는 청년 이야기가 나오는 소설이 있죠. 요시다 슈이치吉田修一의 《7월 24일 거리》요시다 슈이치 지음, 재인 출간인데요. 소설의 화자 메구미는 청년에게 자신의 색을 물은 뒤 좌절하게 되죠. "저는 무슨 색으로 보이나요?" 돌아온 청년의 대답은 "안 보여요"였거든요.

저도 이제부터 저의 색을 고민해 보려고 해요. 흐리멍덩하게 사

는 거 이제 재미없어졌어요. 여러분은 지금 어떤 색깔의 삶을 살고

계신가요?

—2017.07.14

사랑은 무너지는 것

남 : 가볍게 작별키스를 하고 싶었을 뿐입니다.

여 : 키스를 하기 전까진 말할 수 없어요. 그것이 무거울지
　　가벼울지.

영화 〈쉘 위 키스〉의 마지막 장면에 나오는 대사에요. 키스를 하
기 전까진 그것이 무거울지 가벼울지 알 수 없다는 말이 깊이 와 닿
네요. 혹시 미성년자라면 이 글, 그만 읽었으면 좋겠고요.

　"성적인 교합은, 하는 것이 아니라, 무너지는 것이다. 그리하
여, 전조前兆가 시작되면 두려움과 고요한 광기가 도래한다."

바로 위의 문장은 한귀은의 《이별리뷰》한귀은 지음, 이봄 출산에 나오는 것인데요. 내친 김에 좀 더 밀어붙여 볼게요.

"그녀는 말하고, 말하고, 말하다가, 그 말에 먹혀 말을 잃는다. 그때 그의 입술이 다가온다. 말을 다 잃어버린 그녀의 입술에 또 다른 말을, 소리가 없는 말을 따뜻한 말을 넣어주려는 듯 그의 입술이 다급하다.

괜찮다, 괜찮다, 그런 말들이 그녀에게 들려온다. 그의 쓸쓸함이, 오랜 세월 동안의 외로움이 순하게 오히려 그녀를 달랜다. 그의 얼굴에서 슬픔이 보이고 그녀는 눈을 감을 수가 없다. 모든 것이 환히 보인다. 그의 조바심과 회한과 두려움과 희망이 그녀의 눈앞에서 기화된다. 그가 혼자서 감당했을 고립감을 이제 그녀가 받아낸다.

그녀가 심연으로 허물어질 때를, 그는 안다. 그래서 그녀와 함께 그 폐허 속으로 들어간다. 둘은 함께 패배한다. 무엇에 패배하는지 알지 못한 채, 그들은 그 절망적인 패배감을 함께 함으로써 패자가 되지 않는다.

사랑과 이별은 선택의 문제가 아닐 수도 있다. 사랑은, 아무데서나 시작되고, 이별은, 어떤 곳이든 따라붙기 때문이다. 중요한 것은 사랑에 대해서는 패자일 수 있지만, 이별에 대해서는 패자가 되어서는 안 된다는 점이다. (사랑은 나눌 수 있지만) 이별은 순전히 내가 짊어져야 할 사건이기 때문이다. 나 혼자 감당해야 할 일에, 내가 진다면, 그것은 자기 삶에 대한 태만이자 무능이기 때문이다."

— 한귀은, 《이별리뷰》 본문 중

    오늘은 책 속 문장을 송두리째 훔쳐오는 것으로 때우고 마네요. 마음에 와 닿았던 문장들을 이리 소비하고 나면 몸에서 기가 빠져나간 기분이기도 해요. 그래도 어쩐답니까. 이렇게라도 마음의 허기를 채우는 거죠.

—2017.02.07

지금도 마로니에는……

어쩌다 생각이 나겠지
냉정한 사람이지만
그렇게 사랑했던 기억을
잊을 수는 없을 거야

때로는 보고파지겠지
둥근 달을 쳐다보면은
그날 밤 그 언약을 생각하면서
지난날을 후회할 거야.

같은 노랫말이라 해도 언제, 어떤 맥락에서 듣느냐에 따라 그 차이가 엄청나네요. 평소 아무 생각 없이 들어왔던 패티 김의 〈이별〉을, 권여선의 소설 《레가토》권여선 지음, 창비 출간의 하연이 테마로 듣게 되자(정확하게는, 읽게 되자) 몸서리쳐질 만큼 절절한 슬픔이 밀려오네요.

그러고 보니 하나 더 있어요.

지금도 마로니에는 피고 있겠지
눈물 속에 봄비가 흘러내리듯
임자 잃은 술잔에 어리는 그 얼굴
아 청춘도 사랑도 다 마서 버렸네
그 길에 마로니에 잎이 지던 날
루루루루 루루루
루루루루 루루루
지금도 마로니에는 피고 있겠지.

홍세화가 《나는 빠리의 택시운전사》홍세화 지음, 창작과비평사 출간에서 들려주던 그 노래, '지금도 마로니에는'이 그런 경우죠. 책을 덮은 뒤로도 한동안 "지금도 마로니에는……"을 읊조리던 기억이 생생해요. 덩달아 감상에 젖기도 하고, 이유 없이 우울모드에 빠져들기도 하면서……. 루루루루 루루루 지금도 마로니에는 피고 있겠지.

—2017.07.05

여행, 삶의 선물

스무 살 다정이가 생애 처음으로 엄마아빠 물리고 친구와 단둘이 여행을 떠났어요. 멀리는 아니고 부산까지만요. 중학생 땐 예고 입시, 예고에 가서는 예대 입시 준비하느라 고생했고 결과도 나왔으니 여행 한 번 다녀올 만도 하지요.

첫 여행이라는 데 돈 몇 푼 주고 나 몰라라 할 수 없더군요. 기차표 예매해주고 부산에 있는 친구에게 연락해서 살짝 챙기라는 부탁을 해놓기는 했어요. 그 외에 어딜 가든, 뭘 먹든, 어디서 자든, 상관도 참견도 하지 않기로 했고요. 아빠가 일러준 대로 다니고, 아빠가 먹으라는 대로 먹고, 묵으란 데서 묵는다면, 혼자 하는 여행이라 할 것도 없을 테니까요.

다정이 보내놓고 문득 여행의 의미를 생각해 봤어요. 여행은 어쩌면 신이 인간에게 준 유일한 선물이 아닐까 싶어요. 인간에게 주어진 모든 것은 제약이거나 형벌에 가까우니까요. 나약하니 더불어 살아야 하고, 탐욕적이니 늘 뒤엉켜 아웅다웅하며 살고, 용기가 부족하니 떠나지 못하고 늘 익숙한 곳에서만 머물며 사는 것이 인간의 삶이잖아요.

여행은 단지 떠나는 것만은 아니에요. 일종의 내려놓기랄까요. 도대체 삶에서 탐욕과 눌림을 벗어버릴 수 있는 기회가 얼마나 있을까요. 그래서죠. 여행은 되도록 가볍고 단출하게 떠나야 해요. 이것저것 챙겨서 떠난다는 건 미련을 버리지 못했음일 테고요. 갖가지 옷에, 일상용품에, 심지어 책까지 챙기는 건 여행지와 여행지에서 만날 사람에 대한 도리가 아니에요. 정작 읽어야 할 것은 가져간 책이 아니라 그것들이니까요.

김남주의 《사라지는 번역자들》김남주 지음, 마음산책 출간에 흥미로운 대목이 있더군요. 유럽을 방문한 지인의 배낭이 하도 얇아서 어떻게 그럴 수 있냐고 물었더니 이리 대답하더라네요.

"있으면 좋겠다 싶은 건 안 넣고, 없으면 절대로 안 된다 싶은 것만 넣으면 된다고. 있으면 좋겠다 싶은 것은 물론 과연 필요할까 싶은 것까지 넣는 내게 말이다."

첫날은 게스트하우스에서 묵고 둘째 날은 친구가 예약해 둔 호텔에서 묵기로 했다네요. 그렇게 이틀 혹은 사흘 동안 부산스레 부산을 휘돌은 다정이가 어쩌면 부쩍 커서 돌아올 것만 같아요. 짧은 여행이지만 생의 이채로움을 만나고 올 테니까요.

다음 차례는 다애네요. 친구와 일본여행 간다고 지금 열심히 알바를 하고 있거든요.

—2017.02.27

가
랑
비 단
상

어제는 봄을 재촉하는 가랑비가 내리더군요. 가뜩이나 컨디션이 엉망인데 비까지 내리니 죽을 맛이었어요. 결국 광화문 촛불집회는 못 가고 말았네요. 수고하신 분들께 죄송해요. 애꿎은 비 타령, 컨디션 탓이지만 실은 급히 처리해야 할 일이 있었고요.

가랑비 내릴 때마다 습관적으로 내뱉는 우스갯소리가 있네요. 지금은 고인이 되신 지인이 자주 했던 말이기도 하고요. '있으라고 이슬비가 오는 건지, 가라고 가랑비가 내리는 건지.'

"가랑비에 옷 젖는 줄 모른다"는 속담이 있죠. 마침 우리 속담을 맛깔스럽게 뜻풀이해주는 책이 나왔네요. 김승용의 역저 《우리말 절대사전》김승용 지음, 동아시아 출간이죠. 거기 가랑비 속담이 나오고 또 그와 유사한 속담들도 일러주네요.

"숫돌이 저 닳는 줄 모른다."

"마른나무 좀먹듯 한다."

"강물도 쓰면 준다."

"돌절구도 밑 빠질 날 있다."

"어린애계집의 매도 많이 맞으면 아프다."

속담이 있으면 한자성어도 있게 마련이죠. 어느 것이 먼저냐고 따지지는 말자고요. 가랑비에 맞춤한 한자성어는 적우침주積羽沈舟가 아닐까 싶네요. "새털도 많이 쌓으면 무거워져서 배를 물속에 가라앉힐 수 있다"는 뜻이고 보통은 "여러 사람이 힘을 합치면 큰 힘이 된다"는 뜻으로 쓰지요. 작은 것이 모여 큰 힘이 됨을 뜻하는 한자성어로는 그 외에도 진합태산塵合泰山, 토적성산土積成山, 적소성다積小成多 등이 있지요.

십시일반十匙一飯을 빼선 안 되겠지요. "열 사람이 자기 밥그릇에서 한 숟가락씩 덜어 다른 사람을 위해 밥 한 그릇을 만든다"는 뜻이니까요. 결국 여럿이 힘을 합하면 작은 힘으로도 큰 도움을 줄 수 있다는 뜻이고, 새삼 연대의 가치를 생각게 하는 말이에요.

저도 가랑비 이야기 채집의 경험이 있는데요. 몇 년 전, 강의 차울산에 갔을 때 가랑비가 부슬부슬 내리기에 택시에서 '가랑비, 이슬비' 농담을 꺼내봤거든요. 나이 지긋하신 기사양반 제 얘기를 듣더니 기다렸다는 듯이 한마디 하시더군요.

"게으른 일꾼 놀기 좋고, 부지런한 농군 일하기 좋은 비지요."

내심 무릎을 쳤던 기억이에요. 촌철살인은 이런 때 쓰라고 있는

말이다 싶더라고요. 같은 비인데 이리도 다양한 생각과 말을 끌어
내고 있네요. 작은 것이 모여 큰 힘이 됨을 떠올리게도 하고, 놀 핑
계로 삼기도, 일하기 좋은 날로 받아들이기도 하니까요. 어제 저에
겐……

—2017. 03 .02

여행, 최상의 자극

"신이 즐겨 마시는 감미로운 술이라고 해도 해안가에 밀려드는 파도소리, 아침의 맑고 차가운 공기에는 당해내지 못합니다. 주어진 자극은 나를 데리고 떠나버립니다. 내가 스스로 찾아낸 자극은 떠나버린 나를 다시 데리고 와줍니다."

— P. G. 해머튼, 《지적 생활의 즐거움》 김욱 역, 리수 출간 본문 중

음식과 술와인과 맥주, 진, 압생트 등, 담배, 차, 커피 들은 과하면 건강에 해롭지만 잘만 조절해서 섭취하거나 마시면 지적 생활에 좋은 영향을 주는 자극제가 되지요.

그중 맥주와 와인에 대한 해머튼의 비유가 멋져요. "맥주는 조용하지만 다소 얼이 빠져 있는 동네 친구를 닮았고, 와인 애호가는 날

카롭지만 쉽게 흥분한다"니 말이죠.

아무려나 그 어떤 인위적인 자극도 자연의 자극을 당해낼 수 없겠지요. 파도소리와 아침의 맑은 공기, 아이들의 해맑은 표정과 웃음소리. 역시 술보다는 여행이에요.

—2017. 05. 23

사랑은 결핍일 수 없어요

강의 중 '결핍'을 얘기하다 보면 꼭 나서는 사람이 있어요. 자신은 사랑이 결핍되었다는 거예요. 애정 결핍이라고도 말하고요. 그럼 저는 강하게 반박하죠. 이런 식으로 말하는 거죠.

"다른 건 몰라도 사랑은 결핍일 수가 없어요."

어떻게 확신하느냐고요? 물론 나름 근거가 있어요. 강의 땐 보통 두 가지 정도를 언급하지요. 우선, 막스 뮐러의 《독일인의 사랑》을 언급해 볼게요.

"사람은 태어나서 많은 것을 배운다. 걷는 것을 배우고 뛰는 것을 배우고, 말하는 법을 배우고 노래를 배운다. 그런데 딱하나 사랑은 아무도 가르쳐주지 않는다. 사랑은 배울 필요가 없기 때문이다. 누구나 사랑은 온 몸으로 끌어안고 태어난다. 사람은, 사랑 그 자체이다."

이 이야기를 듣고도 왜 사랑은 결핍일 수 없는지 이해하지 못하는 사람이 있어요. 그럼, 도리 없이 성경 얘기를 꺼낼 수밖에 없지요.

"사랑은 언제나 오래 참고 사랑은 언제나 온유하며 사랑은 시기하지 않으며 자랑도 교만도 아니 하며 사랑은 무례히 행치 않고 자기의 유익을 구치 않고 사랑은 성내지 아니하며 진리와 함께 기뻐하네. 사랑은 모든 것 감싸주고 바라고 믿고 기뻐하네 사랑은 영원토록 변함없네. 믿음과 소망과 사랑은 이 세상 끝까지 영원하며 믿음과 소망과 사랑 중에 그중에 제일은 사랑이라."

—〈고린도전서〉 13장

그리스도교를 믿지 않는 사람이라도 위의 구절은 잘 알고 있을 거예요. 노래가사이기도 하니까요. 이 아름다운 노래의 주제는 응당 사랑이죠. 그런데 이 노래의 '사랑'을 영어로 번역하면 뭘까요? 가장 먼저 떠오르는 건 'love'이겠지만, 실은 'charity자선'예요. 충격이라고요? ㅎ 저도 그랬지요. 정여울의 《공부할 권리》정여울 지음, 민음사 출간를 읽으면서 그제서 알게 됐거든요. 충격을 뒤로 하고 의미를 좇아 보자고요. 그럼 고개를 끄덕이게 될 거예요.

'charity'는 남녀 간의 사랑이 아니라 이웃에 대한 사랑, 나보다 어려운 사람에 대한 사랑을 의미해요. 그러니 이 사랑charity은 진리에 대한 사랑인 필로스philos와 남녀 간의 사랑인 에로스eros보다 훨씬 커다란 사랑, 즉 신의 사랑인 아가페agape에 가깝다고 할 수 있죠. 물론 신의 사랑은 모든 사람에게 공평하게 나누어준 선물일 테고요.

어떤가요? 아직도 자신은 사랑이 결핍됐다고 얘기할 건가요? 그렇담, 그건 사랑 결핍이 아니라 사랑 욕심이에요. 욕심쟁이ㅋㅋ.

—2017.04.11

내 안의 결핍 마주하기 9

저의 졸저 《결핍을 즐겨라》최준영 지음, 추수밭 출간에서 발췌했습니다.

1. **한계를 받아들이면 가능성이 열린다** "삶이란 수많은 결함과 결핍을 지녔습니다. 하지만 어쩔 수 없는 그 결함과 결핍 속에서도 자신만의 낙관과 긍정을 찾아 나서는 것, 그것이 바로 몽테뉴가 실천했고, 우리가 실천해야 할 삶의 자세입니다." 25쪽

2. **다음 한 걸음을 떼기 위해** "눈 감지 말아야 합니다. 내게 문신처럼 박힌, 내보이고 싶지 않은 상처가 있더라도 정면으로 마주해야 합니다. 그래야 다음 한 걸음을 뗄 수 있습니다." 27쪽

3. **아름다운 것이 아름다울 수밖에 없는 이유** "연필로 글을 쓰면

몸이 글을 밀고 나가는 느낌이 듭니다. 인간이 연주하는 음악이 아름다운 건 악기가 몸의 일부로써 작동하고 있기 때문입니다. 근육과 살의 육박으로 나아가는 자전거, 솜씨 좋은 목수의 망치질 역시 그러한 아름다움을 만들어냅니다. 결국 모든 아름다운 것들은 인간의 내면에 도사리고 있는 결핍의 소산이며, 모든 상상력은 스스로의 결핍에 대한 자기 확인입니다." 43쪽

4. 역사 속 낙상매들 "어미 매는 새끼 매에게 먹이를 줄 때 높은 곳에서 먹이를 떨어뜨립니다. 그 먹이를 차지하려고 새끼들은 위험을 무릅쓰게 되고, 개중엔 둥지에서 떨어져 다리가 부러지는 녀석도 생깁니다. 어매 매가 노리는 것은 바로 이 다리를 다친 낙상매입니다. 낙상매는 유별나게 사납고 억센 매로 성장합니다." 51쪽

5. 위험하게 살아라 "위험하게 살아라"라고 말하는 니체의 가르침처럼, "갈 때까지 가 봐야 안 되겠나" 하던 최동원의 뚝심처럼, 기왕 내친걸음이니 "쓸 수 있을 때까지 써 봐야 안 되겠나" 싶습니다. 비록 갈지자로 걷더라도 말입니다. 사는 게 어차피 갈지자 아니겠습니까?" 89쪽

6. 감정과 이성 사이에서 좌충우돌하기 "감정을 통제하려는 이성의 명령은 집요합니다. 반대로 이성의 아성을 무너뜨리려는 감정의 순간 파괴력은 때때로 상상을 초월합니다. 감정을 이성으로 다스리고 이성을 감정으로 다독이려는 노력마다 실패할 수밖에 없는 이유입니다. 어쩌겠습니까. 그것이 인생인 것을. 그렇게 감정과 이성 사이에서 좌충우돌하며 가는 게 인생인 것

을." 106쪽

7. 물을 품고만 있는 연못 vs 물이 넘쳐흐르는 샘 "인생은 떠남과 정주의 연속입니다. 다큐멘터리 필름이 한 컷 한 컷 잇대어 돌아가듯 낯섦과 익숙함이 끝없이 교차합니다. 배는 항구에 있을 때 가장 안전하지만, 안전하게 있는 것이 배의 존재 이유는 아닐 것입니다. 물을 품고 있기만 하는 연못이 아니라 넘쳐흐르는 샘이 되어야 합니다." 129쪽

8. 험담의 부메랑 효과 "남 말하기를 좋아하는 사람이 있습니다. 그가 새겨들었으면 좋을 말도 있습니다. 철학자 스피노자가 한 말입니다.

"폴이 피터에 대해 말하는 것을 들어 보면 피터에 대해서보다 폴에 대해서 더 많이 알 수 있다."" 140쪽

9. 눈먼 자들의 세상을 넘어 "우리에겐 오래된 습속이 있습니다. 알지 못하는 것은 알려고도 않고 덮어 놓고 헐뜯고 비난하는 습관 말입니다. 그것이 종교적 신념이건, 정치적 의지이건, 이른바 개똥철학이건, 아집과 편견은 스스로를 눈뜬장님으로 만듭니다. 보다 넓은 세상은 아집과 편견을 걷어내고 맑은 눈으로 볼 때 보이는 법입니다. 그럴 때, 거기서 비로소 내가 할 일도 보입니다." 167쪽

—2017. 04. 27

인연

불교에 '인연因緣'이라는 말이 있지요. '인'이라는 것은 '근원'이라는 뜻으로 내적인 것이에요. 이 내적인 '인'에 대해서 외적인 것이 '연'이에요. 내적 조건인 '인'과 외적 조건인 '연'이 결합해서 모든 것이 생겨나고, 이 결합이 해소됨으로써 모든 것이 사라진다는 것이 불교에서 말하는 '인연'이지요.

한 인간의 삶은 인연에 지배된다고 봐야 해요. 부모에게서 이어받은 것, 가까운 친구에게서 배운 것, 또 몇 번의 시행착오를 통해 얻은 체험적 지식 등이 눈에 보이지 않는 덩어리로 자기 자신 속에 축적되어 '인'을 만들죠. 그 '인'이 '연'을 얻어서 그 사람의 희망이 되고 행동이 되고 결단이 되고 길이 만들어지니까요.

살아 있다는 것은 부단히 무엇인가를 배우고 노력하는 것을 의미

하죠. 그리고 바로 그 배우고 노력한 것이 인생을 만들어가는 것이고요.

히로나카 헤이스케広中平祐가 《학문의 즐거움》히로나카 헤이스케 지음, 김영사 출간에서 들려주는 이야기에요. 어려운 불교철학을 이리도 알기 쉽게 풀어주니 그의 학문이 얼마나 깊은지 어렴풋이나마 가늠이 되네요. 어려운 걸 쉽게 풀어주는 것, 그게 곧 학문의 깊이가 아닐는지요. 어떤 사람은 단순한 것도 어렵고 난잡하게 만들어 버리지요. 공부 대신 현시욕에 사로잡힌 사람일 테고, 멀리서 찾을 것도 없이, 꼭 저 자신이 그렇지요. 별것 아닌 것에 과도하게 의미를 부여하는 것도 문제지만, 정작 본질은 이해하지 못한 채 표피에만 반응하는 어리석은 행태를 반복하니까요.

공부란 쉬운 길을 찾아나서는 것이 아니라 고행을 통해 삶의 지혜를 길어올리는 일이에요. 고민을 거듭해서 어려운 문제를 해결해 나가는 것이야 말로 인생을 제대로 사는 것이기도 할 테고요. 다시, 《학문의 즐거움》의 한 대목을 인용해볼게요.

"이 세상에서 가장 아름답고 자연스러운 모양은 모두 몇 가지 대칭對稱을 갖고 있다. 직사각형은 상하와 좌우의 대칭이 있고 원은 중심을 향하는 모든 방향에서 대칭을 가지고 있다. 다시 말해 대칭이 연속적으로 존재한다. 대칭은 군群을 만든다. 그것이 연속적일 때 연속군이라고 한다."

—히로나카 헤이스케, 《학문의 즐거움》 본문 중

소련의 수학자 폰트랴긴L. S. Pontryagin의 '연속군론'을 소개하는 글이에요. 자연의 흐름을 좇을 수밖에 없는 인간의 삶에도 연속적인 대칭이 있는 것이 아닐까 싶어요. 삶의 다양한 대칭을 찾아나서는 것, 그것이 곧 인연을 만들어내는 일이면서, 동시에 공부하는 삶의 자세가 아닐까 생각해보는 거죠.

—2017.03.27

사랑이 와서

누가 뭐래도 저는 신경숙의 문체를 좋아해요. 어떤 작품은 표절했을지 몰라도 신경숙 문체의 진득함은 그 외 다양한 작품의 도처에 배어 있죠. 비교적 근간인 소설집《모르는 여인들》신경숙 지음, 문학동네 출간에도 주옥같은 단편이 수록돼 있지만 이러저러한 상황을 고려해서 적극 추천하진 않고 있어요. 대신 틈 날 때마다 신경숙의 문장을 소개하죠.

특히, 이 글 〈사랑이 와서〉는 두고두고 새겨둘 만한 문장이고 또한 절절함이 느껴지는 제 인생의 문장이기도 하죠. 자, 그럼…….

"어렸을 때 나는 사랑하는 것은 서로 이야기하는 것이라고 생각했다. 서로의 깊은 속에 있는 아주 내밀한 일들을 하나씩 하나씩 서로에게 옮겨주듯 말해주는 것, 비밀을 나눠 갖는 것이라고. 다른 사람은 못 알아듣는 이야기를 그는 알아듣는 것이 사랑이라고.

좀 더 자라 나를 지켜줄 사람을 갖는 일이 사랑하는 일이라 생각했다. 영원히 나를 지켜줄 사람을 갖는다는 것은 약한 나의 존재를 얼마나 안정시켜줄 것인가. 새벽에 혼자 깨어날 때, 길을 걸을 때, 문득 코가 찡할 때, 밤바람처럼 밀려와 나를 지켜주는 얼굴. 만날 수 없어 비록 그를 향해 혼잣말을 해야 한다 해도 초승달 같이 그려지는 얼굴. 그러나 일방적인 이 마음은 상처였다. 내가 지켜주고 싶은 그는 나를 지켜줄 생각이 없었으므로.

좀 더 자라 누구나 다 자신을 지켜줄 사람을 갖고 싶은 꿈을 지닌다는 것을 알게 되자 사랑은 점점 더 어려워졌다. 거기다 우리가 영원히 가질 수 있는 건 세상에 아무것도 없다는 걸, 사랑은 영원해도 대상은 영원하지 않다는 걸 알아야 했을 때, 사랑이란 것이 하찮게 느껴지기까지 했다.

사랑은 점점 그리움이 되어갔다. 바로 옆에 있는 것, 손만 뻗으면 닿는 것을 그리워하진 않는다. 다가갈 수 없는 것, 금지된 것, 이제는 지나가버린 것, 돌이킬 수 없는 것들을 향해 그리움은 솟아나는 법이다. 그리움과 친해지다 보니 이제 그리움이 사랑 같다.

흘러가게만 되어 있는 삶의 무상함 속에서 인간적인 건 그리움을 갖는 일이고, 아무것도 그리워하지 않는 사람을 삶에 대한 애정이 없는 사람으로 받아들이며, 악인보다 더 곤란한 사람이 있으니 그가 바로 그리움이 없는 사람이라 생각하게 됐다. 그리움이 있는 한 사람은 메마른 삶 속에서도 제 속의 깊은 물에 얼굴을 비춰본다, 고.

　사랑이 와서, 우리들 삶 속으로 사랑이 와서, 그리움이 되었다. 사랑이 영원하지 않은 건 사랑의 잘못이 아니라 흘러가는 시간의 위력이다. 시간의 위력 앞에 휘둘리면서도 사람들은 끈질기게 우리들의 내부에 사랑이 숨어 살고 있음을 잊지 않고 있다. 아이였을 적이나 사춘기였을 때나 장년이었을 때나 존재의 가장 깊숙한 곳을 관통해 지나간 이름은 사랑이었다는 것을."

— 신경숙, 《아름다운 그늘》중 '사랑이 와서' 일부

—2017.03.27

행복해서 웃는 게 아니라 웃어서 행복하죠

오래 전 러시아에 시민 모두가 근심에 사로잡혀 있는 작은 도시가 있었어요. 시민들의 근심은 곧 시장의 근심이었겠죠. 시장은 어떻게 하면 시민들의 근심을 덜어줄 수 있을지에 골몰했죠. 한 직원이 시장에게 건의했습니다. 시청에 근심담당 공무원을 두면 어떻겠냐고. 말도 안 되는 제안이었지만 달리 방도를 찾지 못한 시장은 제안을 받아들였어요. 과연 근심담당 직원을 뽑은 뒤 시민과 시장의 근심은 해소되었을까요?

유머를 모르는 사람들의 슬픈 우화입니다. 고래古來로 근심을 가진 사람들 대부분은 근심의 원인을 찾기보다는 엉뚱한 방법을 찾아 헤맸습니다. 그중 대표적인 사례가 종교에 의탁하는 것이었고요. 스스로 해결하려 노력하기보다 신이나 절대자에 기대려는 심리인 거죠. 이 오래된 관습을 비판하고 나선 이들이 니체이며, 마르크스였죠. 그들의 말은 매우 과격했고요. "신은 죽었다"거나 "종교는 인민의 아편이다"라고 일갈했으니까요. 인간의 문제는 인간의 문제로 인식해야 하며 오롯이 인간의 힘으로 해결해야 한다는 의미로 읽힙니다.

삶의 고통과 불안, 근심에 대한 해답을 찾아 나선 사람들은 그 이전에도 있었지요. 어떤 의미에선 그게 곧 철학의 본령이었을 테고요. 연원을 따져 보니 거기 고대 그리스의 철학자들이 나타납니다. 《시학》 아리스토텔레스 지음, 문예 출간을 통해 예술이야말로 인간의 마음을 다스리는 효과적인 수단이라고 주장했던 아리스토텔레스가 있는가 하면, 정원의 모임을 통해 삶의 희열을 추구했던 에피쿠로스가 있습니다. 삶의 희열과 경이로움을 찬양한 로마시인 루크레티우스Lucretius Carus도 만날 수 있습니다.

그들의 말에는 공통점이 있습니다. 삶은 슬프고 괴롭고 고통스럽고, 나약한 인간은 신에 의탁하려는 마음을 갖게 마련이지만 그럼에도 불구하고 인간은 스스로의 힘으로 고통을 해결해야 하며, 그 수단이 바로 '웃음'이라는 것입니다.

20세기 최고의 지식소설로 꼽히는 움베르토 에코의 《장미의 이름》 움베르토 에코 지음, 열린책들 출간은 아리스토텔레스의 《시학》 제2권, 즉 '희극 편'을 둘러싼 종교적 갈등을 그리고 있습니다. 수도사 호르헤는 성경의 어느 구절에도 웃음이 등장하지 않으며, 예수님 또한 웃은 적이 없기 때문에 신을 믿는 우리가 웃음을 얘기하는 건 불경스런 일이며, 죄악이라는 그릇된 종교적 신념을 가진 사람입니다. 그러나 그의 신념이 그릇되었음은 다름 아닌 그의 기행적이며 엽기적인 행태를 통해 고스란히 반증됩니다.

근대를 거쳐 현대에 이르러 웃음의 의미와 가치에 대한 연구가 더욱 활발해졌습니다. 빌헬름 분트Wilhelm Wundt와 함께 근대 심리학의 창시자로 일컬어지는 윌리엄 제임스William James는 웃음의 의미를 한 마디로 정리해줍니다.

"사람은 행복하기 때문에 웃는 것이 아니라, 웃기 때문에 행복하다."

20세기 최고의 문명비평가 크리스토퍼 히친스Christopher Hitchens 역시 유머의 중요성을 강조합니다.

"유머를 모르는 사람은 절대 권력을 잡지 말아야 한다. 그들은 도저히 실행할 수 없을 만큼 확실하고 정확한 것을 추구하기 위해 따분함이나 획일성과 손을 잡는다. (…….) 나는 나딘 고디머의 사상을 이용해서 '진지한 사람은 가급적 죽은 뒤에나 글을 쓰도록 노력해야 한다'는 주장을 펼쳤다."

— 크리스토퍼 히친스, 《논쟁ARGUABLY》김승욱 역, 알마 출간 본문 중

이쯤 앞서 소개한 우화를 다시 떠올려 봅니다. 시장은 근심담당

공무원을 뽑을 것이 아니라 웃음담당 직원을 뽑았어야 했던 게 아닐까요. 웃음이야말로 근심을 치유하는 특효약이죠.

—2017.05.31

아날로그적 삶의 기쁨

연필을 고집하는 작가가 꽤 된다죠. 작가 김훈은 컴퓨터가 아닌 연필로 글을 쓰는 이유를 '아날로그적 삶의 기쁨'이라 말하지요.

연필로 쓰면 몸이 글을 밀고 나가는 느낌이 들어서 좋고, 인간이 연주하는 음악이 아름다운 건 악기가 몸의 일부로써 작동하고 있기 때문이며, 근육과 살의 육박으로 나아가는 자전거, 솜씨 좋은 목수의 망치질 역시 그러한 아름다움이라는 거죠.

결국 모든 아름다운 것들은 인간의 내면에 도사린 결핍의 외화이며, 모든 상상력은 결핍에 대한 자기 확인을 피력하는 것이죠.

생태사상가 웬델 베리Wendell Berry 역시 연필로 글을 쓰고 트랙터가 아닌 말로 농사지으며 자급자족의 삶을 살고 있다고 하네요.《지식의 역습》웬델 베리 지음, 청림 출간을 통해 베리는 공동체와 자연에 대한 '돌봄'을 강조하네요.

—2017.07.25

진실한 벗에 대한 화답

〈세한도〉

쥐뿔도 없이 패기와 열정만으로 영국에 건너가서 노숙인의 생계를 돕는 잡지 〈빅이슈〉를 수입해 왔어요. 수입해 왔다기보다는 노하우를 벤치마킹했다고 하는 편이 맞겠죠. 이후 3년여에 걸쳐 〈빅이슈 코리아〉 창간준비에 매진했어요. 와중에 하던 일을 중단해야 했고 지속적으로 기회비용을 상실했죠. 도리 없이 경제적 파탄을 맞게 되었고 괴로운 나날이 이어졌어요. 아파트를 담보로 추가 대출을 받는가 하면 카드 돌려막기로 근근이 버티는 생활의 연속이었어요. 부득이 지인들에게 신세를 져야했고요.

한계에 이르렀다고 판단되었을 때 모든 걸 내려놓았어요. 제가 죽어 〈빅이슈〉가 살아난다면 기꺼이 그리 하겠다는 마음이었어요. 저를 대신해서 빅이슈 창간 운동을 하겠다는 사람들이 나타났어요. 그들에게 짐짓 '쿨'하게 내 의사를 전달했죠.

"내가 꿈 꾼 건 빅이슈를 '최준영'이 창간하는 게 아니에요. 한국 사회에 그런 콘셉트의 잡지를 탄생시키는 것 그 자체가 꿈이었어요. 저보다 능력 있는 사람들이 빅이슈를 만들어 주면 좋겠어요."

내가 빅이슈에서 손을 뗐다는 사실, 어려움에 처했다는 사실이 알려지는 순간, 그간 내게 우호적이었고 더러 도움을 주었던 사람, 격려해 주었던 사람, 함께할 의사를 밝혔던 사람들 대부분이 내 곁을 떠나가더군요. 빌려준 돈을 신속히 돌려달라는 독촉이 이어졌고요. 도리 없이 3천여 권의 책을 팔아서 빚의 일부를 갚았고, 오래도록 모아두었던 노숙인 인문학과 관련한 소중한 글들을 선인세를 받는 조건으로 출판사에 팔아넘겼죠.

추사 김정희의 〈세한도〉에 대한 글을 읽다 보니 문득 지난 일들이 떠오르네요. 〈세한도〉는 세상인심의 덧없음에 대한 비통함과 끝까지 의리를 지킨 제자 이상적을 기리는 마음을 담은 그림이니까요. 〈세한도〉는 추사의 그림치고는 유난히 어둡고 결코 유려하지 않아요. 이상하리만치 볼품이 없고요. 눈에 보이는 〈세한도〉는 그야말로 모래바람처럼 차갑고 따갑고 불편함을 유발하죠.

내력을 살펴볼 일이에요. 거기 담긴 '정신'을 읽어야 하고요. 평생 벼루 열 개에 구멍을 내고 붓 천 자루를 닳게 했던 추사가 오랜 기간 제주도에 유배돼 글자 한 자를 쓰기도 어려운 육체적, 정신적 황폐의 끝에서 혼신의 힘을 다해 그렸다는 점에서 〈세한도〉는 오롯이 추사의 정신을 담고 있는 역작이지요.

"1844년 바람이 많이 불넌 어느 날, 추사 김정희가 제주도에 유배 온지도 어언 다섯 해가 흘렀다. 한때 생사를 같이하던 벗들도 이젠 소식조차 전해오지 않는다. 그런데 또다시 육지에서 보내온 거질의 책이 바다를 건너 김정희에게 전해졌다. 제자 이상적이 만 리 바깥, 북경에서 여러 해를 두고 구해서 보내준 귀중한 책이다. 모든 사람이 권세와 이익을 따르는데 이상적만은 옛정을 잊지 않고 정성을 다해준 것이다. 김정희는 그를 칭찬하는 뜻에서 갈라진 붓으로 그림을 그리고 발문을 썼다. 조선 문인화의 최고 걸작으로 손꼽히는 〈세한도〉는 이렇게 탄생하였다."

─《철학자가 사랑한 그림》조광제, 정효근, 김범수 외 2인 지음, 알렙 출간 중,

전호근의 '세한도를 읽는다는 것' 편에서

세한도에 담긴 정신이란 공자와 사마천, 맹자로 이어지는 고고한 인문정신이에요. 거기 사색의 길로 들어서게 하는 깊은 정신이 담겨 있어요.

"소나무와 잣나무는 사계절을 통틀어 시들지 않으니 날씨가 추워지기 전에도 그대로 똑같은 소나무와 잣나무일 뿐이고 날씨가 추워진 뒤에도 그대로 똑같은 소나무와 잣나무일 뿐이다. 그런데 성인께서는 단지 날씨가 추워진 뒤의 소나무와 잣나무만을 칭찬하셨다.

지금 그대가 나를 대하는 것이 이전에 더 잘해준 것이 없었

고 이후로 더 덜어진 것이 없다. 그렇다면 이전의 그대는 칭찬할 것이 없겠거니와 이후의 그대는 또한 성인에게 칭찬을 받을 수 있을 것인가? 성인께서 특별히 칭찬하신 것은 한갓 늦게 시드는 굳센 절개 때문만이 아니라 또한 날씨가 추워진 뒤에 감동한 점이 있어서일 것이다. 공자가 이르되 "날씨가 추워진 뒤에야 소나무와 잣나무가 늦게 시든다는 것을 알게 된다"고 하였음을 되새겨 본다."

—〈세한도〉 발문 중에서

태사공사마천 역시 그와 같은 취지의 말을 했어요. "권세와 이익으로 만난 관계는 권세와 이익이 다하고 나면 사귐 또한 끝난다."고.

어디선가 설문조사를 했던 모양이에요. 좋은 친구는 어떤 친구냐는 질문에 가장 많은 공감을 불러일으킨 대답은 "외롭고 힘들 때 내 곁에 있어주는 친구"였다고 하네요.

곤경에 처했을 때 제겐 친구가 없었어요. 많이 외로웠고 많이 힘들었죠. 다행인 건 그 일을 계기로 진실한 친구에 대해 생각하게 되었다는 점이죠. 이제 저는 누가 저를 위로해주기를 바라지 않아요. 대신 누군가 어려움에 처했다면 기꺼이 달려가서 위로해줄 것이고요. 그게, 그 한 마디의 위로가 얼마나 큰 도움이 될지를 잘 알고 있기 때문이죠.

—2017.08.04

PART
3

/ 쓰
/ 다 /

살아 있음을 증거하는 글쓰기

"아내가 사망한 날, 나는 다음의 세 가지를 결심했다.

일찍 일어나기
시간 아껴 쓰기
일기 쓰기"

《즐거운 글쓰기》루츠 폰 베르더Lutz von Werder, 바바라 슐테-슈타이니케 Barbara Schulte-Steinicke 공저, 들녘 출간에 나오는 새뮤얼 존슨Samuel Johnson의 말이에요. 근데 좀 의아하네요. 일찍 일어나고, 시간을 아껴 쓰겠다는 다짐이야 그렇다 치고, 그는 왜 하필 아내가 사망한 날 일기 쓰기를 결심했던 걸까요? 목에 걸린 가시처럼 그 문장에서 읽기도, 생각하기도 멈춰버리고 마네요.

문득 삶에 대해서 생각해 보게 되네요. 삶은 이별의 연속이고 이별은 언제나 슬픔을 불러오죠. 숱한 이별을 겪으며 살아가지만, 그럼에도 불구하고 담담하게 이별하는 사람으로 살고 싶지는 않아요. 모든 이별은 언제나 뜻밖의 일이 되고 놀란 가슴은 슬픔에 터지니까요. 삶의 실체는 시간이며 시간은 도리 없이 이별의 환유예요. 오늘은 어제와의 이별이 빚어낸 순간이며, 내일은 오늘과의 이별을 통해서만 맞을 수 있는 시간이죠.

시간은 또한 망각을 불러오죠. 시간의 지배를 받는 우리는 기억해야 할 것과 잊어버리고 말 것을 선택해야 해요. 아내가 사망한 날, 슬픔에 휩싸인 새뮤얼 존슨은 일기 쓰기를 통해 아내와의 추억을, 아내와의 이별을 오래도록 간직하기로 결심했던 거죠. 이제야 이해가 되네요. 아내가 사망한 날, 일기 쓰기와 일찍 일어나기와 시간 아껴 쓰기를 결심한 것은 아내를 잊지 않으려는 다짐이었다는 것을. 일기 쓰기는 일찍 일어나고, 시간을 아껴 써야만 꾸준히 이어갈 수 있는 것이니까요.

존슨의 결심과 저의 글쓰기는 다르지 않아요. 저 역시 추억을 소환하기 위해 글을 쓰거든요. 그러나 저의 글쓰기는 추억을 소환하는 수단에만 머물지는 않아요. 수시로 살아있음을 '증거'하기 위해 글을 쓰죠. 글쓰기를 통해 살아있음을 확인하는 것, 그것은 오롯이 고통을 달래주는 치유의 글쓰기이기도 하고요.

* 저의 졸저 《최준영의 책고집》최준영 지음, 담 출간에 니 오는 "나는 왜 쓰는가?"의 도입부를 올리네요. 오랜만에 책을 들춰보니 감회가 새로워요. 아직도 제 책을 찾는 분들이 계시다는 걸 최근에 알게 되었네요. 감사한 일이지요. 베스트셀러와는 거리가 먼 책이지만 누군가 꾸준히 찾아주고 읽어준다니 기분 좋네요.

—2017.04.08

자기글 교정하는 법

　참 이상해요. 남의 글의 오탈자는 잘 보이는데 자기 글의 틀린 부분은 보이지 않아요. '남의 눈의 티끌만 보고 제 눈의 들보는 보지 못한다'는 말처럼 말이죠. 중요한 문서를 작성한 뒤 꼼꼼하게 교정하고 결재를 올렸는데 결재 전엔 보이지 않던 것이 하필 상사의 눈에 띄어서 곤경에 처하는 경우도 종종 있고요. 오늘은 자기가 쓴 글을 교정하는 법에 대해 알려드리려고 해요.

　우선, 소리 내어 읽어보는 게 좋아요. 글쓰기 강의 때 자기 글을 소리 내어 직접 읽으라고 시키는데요. 그러면 제출한 것과 달리 즉흥적으로 교정하면서 읽더라고요. 읽다가 그제서 어색한 곳을 발견하는 거죠.

　좋은 글이란 말하듯이 자연스럽게 쓴 글을 일컫는 것이죠. 자기 글을 소리 내어 읽다 보면 어떤 낱말과 어떤 표현이 더 자연스러운 지 감각적으로 판단할 수 있게 되죠. 따라서 소리 내어 읽다 보면 귀에 거슬리는 부분이 느껴지게 되고 그럼 그 부분을 고치게 되는 거죠.

한글 문장에서 의미구성에 핵심적인 역할을 하는 '조사'나 '어미' 가 잘못 쓰인 대목은 이 '소리 내어 읽기'가 여지없이 짚어내 주곤 하죠. 또한 주어와 서술어, 부사와 서술어, 서술어와 목적어 등 각 문장성분 사이의 호응관계가 어색한 대목도 대부분 감지하게 되는 거죠.

좀 더 실전적인 방법도 있어요. 아마도 이 글 읽으면서 "맞아, 맞 아!" 하며 무릎을 치실 것만 같네요. 두 번째 방법은 컴퓨터 화면으 로 교정하지 말고 프린트해서 보라는 거예요. 화면상으론 보이지 않던 것이 뽑아서 보면 보이거든요. 세 번째는 묵혔다가 보는 거예 요. 방금 쓴 글을 다시 보면 보이지 않지만 시간을 두고 보면 보이 거든요. 네 번째는 소리 내어 읽으면서 녹음을 하고 그 녹음된 걸 들어보는 거예요. 그냥 소리 내어 읽었을 때보다 더 자세히 들리고 더 꼼꼼하게 수정할 수 있죠.

끝으로, 교정할 때 유의해야 할 것이 있어요. 오탈자를 잡을 땐 반드시 전후좌우의 문맥을 살펴야 해요. 틀린 글자, 특히 조사 하나 바꾸는 바람에 문맥은 물론 문장성분 사이의 호응이 깨지기도 하거 든요. 반드시 유의하셔야 해요.

자, 그럼 〈자기 글 교정하는 법〉 정리해볼까요.

1. 소리 내어 읽는다.

2. 프린트해서 본다.

3. 묵혔다 다시 본다.

4. 녹음해서 들어 본다.

5. 고칠 땐 반드시 전후좌우 문맥을 살핀다.

—2017. 01. 15

문장력을 기르는 다섯 가지 습관

하나, 많이 읽기.

귀가 뚫려야 입이 열리듯, 눈이 뜨여야 손이 움직이는 이치이지요. 읽기란 단지 문자해독이 아니라 문자가 표현하고 있는 의미의 세계를 정확하게 간파해내는 것이에요.

둘, 번역해 보기.

번역은 창작보다 더 섬세한 언어의식을 요구합니다. 창작할 때는 막히면 돌아가거나 다시 시작하면 되지만 번역은 원문이 지시하고 있는 의미에서 되도록 벗어나지 않아야 하는 제약이 있어, 더 섬세한 언어감각을 필요로 하죠. 좋은 소설가 한 사람의 탄생보다 좋은 번역가 한 사람의 탄생이 더 어렵다는 말도 있지요!

셋, 많이 생각하기.

쇼펜하우어의 세 종류의 글쓰기 : 생각 없이 쓰는 글. 생각하면서 쓰는 글. 충분히 생각한 뒤 쓰는 글. 그 중 가장 좋은 글은 물론 충분한 사색 후 쓰는 글이겠죠.

넷, 소리내서 읽기.

좋은 글이란 곧 말하듯이 자연스럽게 쓴 글을 일컫지요. 자기가 쓴 글을 소리내서 읽다 보면 어떤 낱말과 어떤 표현이 더 자연스러운지 감각적으로 판단할 수 있게 되기도 하고요.

한글 문장에서 의미구성에 핵심적인 역할을 하는 '조사'나 '어미'가 잘못 쓰인 대목은 이 '소리내어 읽기'가 여지없이 짚어내 주죠. 또한 주어와 서술어, 부사와 서술어, 서술어와 목적어 등 각 문장성분 사이의 호응관계가 어색한 대목도 대부분 감지하게 되죠.

다섯, 말장난 즐기기.

다양한 단어를 떠올리기 위해 노력하는 것은 글쓰기에도 큰 도움이 됩니다. 국어사전(스마트폰?)을 지참하고 다니며 수시로 찾다 보면 보다 정확한 어휘를 선택할 수 있죠.

한 가지 더.

글은 써본 만큼 좋아지게 마련이에요. 글은 결코 자신의 능력보다 잘 쓸 수도 못 쓸 수도 없어요. 다만 자주 쓰다 보면 조금씩 감각을 갖게 되고, 결국 글도 좋아지는 거죠.

—2017. 02. 10

지적으로 게으른 표현 고치기

🚶

전작 《동사의 맛》김정선 지음, 유유 출간을 통해 우리말의 특성, 그중에서도 움직씨동사의 다양한 맛과 멋을 알려주었던 김정선 씨가 두 번째로 낸 책 《내 문장이 그렇게 이상한가요?》김정선 지음, 유유 출간에는 간과하기 쉬운, 그러나 중요한 글쓰기의 잘못된 습관을 바로잡아주는 글이 넘쳐나네요. 일일이 소개하고 싶지만 그보다는 여러분이 직접 읽어보시는 게 좋을 듯해요.

눈길을 끄는 대목 하나만 소개드리자면 '지적으로 게을러 보이게 만드는 표현'이에요. 너무나 당연하게, 자주 쓰는 표현인데 그게 지적으로 게으른 것이라니 어리둥절하기도 하고요.

우리는 습관적으로 "~에 대한대해"이라는 표현을 쓰곤 하죠. 특히, 학자들의 글이나 학술서나 전문지식을 소개하는 글에서 많이 등장하는 표현이고요. 일테면 이런 것들인데 고친 것과 비교해 보세요.

　　미래에 대한 불안 ⇨ 미래의 불안

　　자유에 대한 갈망 ⇨ 자유의 갈망

　　음식에 대한 욕심 ⇨ 음식 욕심

　　꿈에 대한 이야기 ⇨ 꿈 이야기

뿐만 아니죠. 이런 문장들도 흔히 볼 수 있잖아요.

　　⑴ 그 문제에 대해 나도 책임이 있다.

　　⑵ 서로에 대해 깊은 신뢰를 느낀다.

　　⑶ 당신의 주장에 대해 선뜻 동의할 수 없다.

　　⑷ 사랑에 대한 배신

　　⑸ 노력에 대한 대가

아래처럼 고치면 글이 한결 좋아지죠.

　　⑴ 그 문제에 나도 책임이 있다.

　　⑵ 서로 깊은 신뢰를 느낀다.

　　⑶ 당신의 주장에 선뜻 동의할 수 없다.

　　⑷ 사랑을 저버리는 일 / 사랑하는 사람을 배신하는 행위

　　⑸ 노력에 걸맞은 대가 / 노력에 합당한 대가

오래된 습관이라 쉽게 고쳐지진 않을 거예요. 고친 게 더 이상해 보이기도 하고, 미묘한 의미 차이와 뉘앙스 변화를 이유로 기존의 습관을 고수하기도 할 테고요. 사소한 것으로 치부할 수도 있겠네

요. 그러나 중요한 지적이고 의미 있는 변화라는 건 부정하지 않았
으면 좋겠어요. 우리글을 가꾸고 다듬으며, 올바르게 쓰기 위한 노
력이니까요.

—2017.01.27

것만 빼도 좋아지는 문장

전라도 사람은 '거시기' 하나로 수십 가지 어휘를 대체할 수 있다고 해요. 그 거시기를 굳이 거시기하게 직접 명칭으로 부르기보다 그냥 거시기라고만 해도 거시기하게 뜻이 통한다는 거죠. 지역의 특색이 살아 있는 말이니 정색하고 바꾸려 할 일은 아닌 듯해요.

표준어라면 얘기가 달라지죠. 특히 문장에서 '것'이라는 지시어를 남발하는 습관은 좋아 보이지 않아요. 서술어에서도 그렇거니와 그 외 문장성분에서도 마찬가지고요. 가능하면 '것'은 생략하거나, 바꿀 필요가 있는 거죠.

여러 가지 '것'

• 맞춤법이 틀린 것이다. ⇨ 맞춤법이 틀렸다.

- 줄임말인 것이다. ⇨ 줄임말이다.
- 글을 쓴다는 것은 남에게 자신의 생각을 알리는 것이기도 하지만 자신의 생각을 정리하는 것이다. ⇨ 글쓰기는 남에게 자신의 생각을 알리고 자신의 생각을 정리하는 방법이다.
- 내가 살아 있다는 것에 대한 증거 ⇨ 내가 살아 있다는 증거
- 인생이라는 것을 딱 부러지게 정의하기 어렵다면 ⇨ 인생을 딱 부러지게 정의하기 어렵다면
- 상상하는 것은 즐거운 것이다. ⇨ 상상은 즐거운 것이다. 상상은 즐거운 일이다.
- 사랑한다는 것은 서로를 배려한다는 것이다. ⇨ 사랑이란 서로를 배려하는 것이다.

- 우리가 서로 알고 지낸 것은 어린 시절부터였다.
⇨ ?
- 나는 이 도시가 내 고향인 것처럼 생각되었다.
⇨ ?

* 맨 밑의 두 문장은 여러분이 직접 고쳐보시라고 남겨두었어요.

—2017. 02. 11

움베르토 에코의 글쓰기 팁

글쓰기에 관심이 있는 분이라면 한 번쯤 읽어볼 만한 글이에요. 전에도 올렸던 글이지만 다시금 음미하려고요. 아무리 생각해 봐도 움베르토 에코는 언어의 천재인가 봐요. 새삼 재삼 확인하게 되네요.

1. 두운을 피하라. 비록 올빼미들을 유혹할지라도. (이탈리아어로 allitterazione두운, alletare유혹하다, 그리고 allocco올빼미는 두운이 일치한다.)
2. 접속사를 피해야 하는 것은 아니지만, 그러나 오히려 필요할 때는 쓰도록 한다.
3. 기성품 문장들을 피하라. 그건 '다시 데운 수프'와 같다.

4. 자신의 생각을 표현하라. 자신을 살찌우게 하니까.

5. 상업적 기호 & 약자 etc를 사용하지 마라.

6. 괄호는 (꼭 필요해 보일 때도) 담론의 흐름을 방해한다는 것을 (언제나) 기억하라.

7. 말없음표들의(=……) 소화불량에 걸리지 않도록 주의 하라.

8. 가능한 한 따옴표를 적게 사용하라. 그것은 "목표"가 아 니다.

9. 절대로 일반화하지 마라.

10. 외국어는 절대 엘리건트한elegant, 우아한 스타일을 만들 지 않는다.

11. 인용을 줄여라. 에머슨이 올바르게 지적하였듯이 "나는 인용을 증오한다" 단지 네가 아는 것만 말해라.

12. 비유는 기성품 문장과 같다.

13. 과잉 설명을 하지 마라. 똑같은 말을 두 번 반복하지 마 라. 반복한다는 것은 불필요하다. (과잉이라는 말은 독자 가 이미 이해한 내용을 불필요하게 다시 설명하는 것을 의미한다.)

14. 단지 똥 같은 놈들이나 저속한 말을 사용한다.

15. 언제나 대충 구체적이도록 하라.

16. 단 하나의 단어로 문장을 만들지 마라. 없애라.

17. 지나치게 과감한 은유들은 조심하라. 그것은 뱀의 비늘 위에 돋은 깃털과 같다.

18. 쉼표는, 정확한 곳에, 넣도록 하라.

19. 콜론과 세미콜론을 구별하라 : 비록 쉽지 않을지라도.

20. 만약 적절한 이탈리아어 표현을 찾지 못하더라도 절대로 사투리 표현에 의존하지 마라.

21. 어울리지 않는 은유를 사용하지 마라. 비록 '노래하는' 것처럼 보일지라도, 그것은 마치 탈선한 백조 같다.

22. 정말로 수사학적 질문이 필요한가?

23. 간략하게 써라. 긴 문장을 피하고, 가능한 한 적은 숫자의 단어 안에서 자신의 생각을 압축하도록 노력하고 또는 삽입구를 넣지 마라. 그것은 불가피하게 산만한 독자를 혼란스럽게 만드니까. 그리하여 담론이 분명한 매스미디어의 권력에 지배되는 우리 시대의 비극들 중 하나를 이루는(특히 불필요하거나 필수 불가결하지 않은 자세한 정보들로 쓸모없게 채워졌을 경우) 정보의 오염에 기여하지 않도록 하라.

24. 과장하지 마라! 감탄 부호를 적게 써라!

25. 야만적 표현을 좋아하는 최악의 '팬들'이라도 외국어를 복수로 만들지 않는다.

26. 외국어 이름을 정확하게 써라. 가령 보들레르, 루즈벨트, 니체 등처럼.

27. 언급하는 저자나 등장인물들을 완곡하게 표현하지 말고 직접 지명하도록 하라. 19세기 롬바르디아 출신의 최고 작가이자, 《5월 5일》의 작가도 그렇게 했다. 알레산드로

만초니를 기리긴나. 《5월 5일》은 나폴레옹의 죽음에 즈음하여 쓴 시이다.

28. 글의 첫머리에서 독자의 환심을 사기 위해 '감사의 표시'를 하도록 하라(그런데 혹시 여러분이 너무나도 멍청해서 내가 지금 말하는 것을 이해하지 못할 수도 있다.)

29. 철자를 자새하게 확인하라.

30. 반어법은 얼마나 지겨운 것인지 말할 필요도 없다.

31. 너무 자주 문단을 바꾸지 마라.

32. '위엄 있는' 1인칭 복수를 쓰지 마라. 우리는 그것이 나쁜 인상을 준다고 확신한다.

33. 원인과 결과를 혼동하지 마라. 오류를 범하게 될 것이며, 따라서 실수할 것이다.

34. 논리적으로 결론이 전제에서 도출되지 않는 글을 쓰지 마라. 만약 모든 사람이 그렇게 한다면, 전제가 결론에도 도출될 것이다.

35. 옛날 표현이나 '아팍스 레고메나'처럼 이례적인 어휘들, 리좀 같은 '심층 구조'를 너무 많이 사용하지 마라. 그것들은 아무리 그라마톨로지적 '차연'의 현현이나 해체론적 표류에의 권유처럼 보일지라도 만약 그것이 극도로 섬세한 문헌 비평 의식과 함께 읽는 사람의 세밀한 검토에 의해 논박의 여지가 있는 것으로 드러날 경우 더 나쁠 것이다. 어쨌든 수신자의 인지 역량을 넘어서기 때문이다.* apax legomena, 원래 그리스어 표현은 hapax legomenon이

다. Rizoma, 프랑스어로는 rhizome. 원래 식물에서 '뿌리줄기'나 '근경'

을 의미한다. 들뢰즈와 가타리에 의해 사용된 개념으로 계층화 되고

체계적인 구조와는 달리 비계층적이고 수평적이며 임의적인 구조를

가리킨다.

36. 너무 장황하지 않도록 하라. 그렇다고 그보다 덜 말하지

않도록 하라.

37. 완성된 문장이 되어야 하는데.

— 움베르토 에코 산문집, 《미네르바 성냥갑》김운찬 역, 열린책들 출간 본문 중

—2017.05.02

자신만의 문장을 간직하세요

예술은 재능으로 하는 거라 생각하기 쉽지요. 글쓰기에 대해서도 그리 생각하는 사람이 있겠고요. 과연 그럴까요? 재능보다 중요한 건 욕망을 억제하는 인내와 꾸준히 노력하는 것이 아닐는지요.

"자신을 억제하고 고립시키는 일이 궁극적으로 가장 큰 예술이지."

대문호 괴테의 말이에요. '김탁환의 따뜻한 글쓰기 특강'이라는 부제를 단 《천년습작》김탁환 지음, 살림 출간에서 소개하는 문장인데요, 예술을 하는 사람, 글쓰기에 관심을 가진 사람도 한 번쯤 음미해 볼 말인 듯해요. 이런 문장을 놓치기도 아깝고요.

"노래를 배우려고 할 때도 자기 목청에 맞는 음이라면 간단히 낼 수 있지만 목청에 맞지 않는 음을 내기란 처음에는 무척 어렵지. 하지만 가수가 되려면 그것을 극복해야 되네. 가수는 어떤 음이라도 능란하게 낼 수 있어야 하기 때문이네.

시인의 경우도 사정은 마찬가지라네. 그저 허술한 주관적 감정만을 토로한다고 해서 결코 시인이라고는 할 수 없겠지. 그러나 이 세계를 제 것으로 만들어서 표현할 수 있게 되는 순간, 그는 진정한 시인이 되는 거네. 그렇게 되면 그는 끊임없이 사상을 떠올리며 언제나 새로울 수 있지. 반면에 주관적인 성향의 사람은 근소한 내면세계가 금방 바닥을 드러낸다네. 그리고 결국에는 매너리즘에 빠져서 파멸해버리고 만다네."

— 요한 페터 에커만Johann Peter Eckermann,

《괴테와의 대화》요한 페터 에커만 지음, 민음사 출간 본문 중

하마터면 봄의 유혹에 넘어갈 뻔했던 저를 단디 붙잡아준 고마운 문장들이에요. 여러분도 자신의 문장을 간직하고 있나요? 혹 아직이라면 얼른 만드세요. 방법은 좋은 책을 찾아 읽으며 열심히 밑줄을 치고, 또 독서노트에 옮겨두는 거예요. 옮겨놓기만 해선 안 되죠. 이따금 찾아 읽어봐야지요. 아마도 읽을 때마다 느낌이 새로울 거예요.

—2017.04.09

섣불리 적의를 드러내지 마세요

습관적으로 명사 뒤에 '적'을 붙이게 되죠. 강의 중 안 붙여도 된다고 했더니 항의까지 하네요. 붙인 것과 안 붙인 것 간에 큰 차이가 있다고 주장하는 거예요. 그럴 만해요. 오래된 습관이니까요. 그런데 한번 보세요. 얼마나 차이가 나는지요. 제 생각엔 그게 그건데요.

사회적 현상 ⇨ 사회현상

경제적 문제 ⇨ 경제문제

정치적 세력 ⇨ 정치세력

국제적 관계 ⇨ 국제관계

혁명적 사상 ⇨ 혁명사상

자유주의적 경향 ⇨ 자유주의 경향

이번에는 '의'예요. 역시 생략해도 아무 문제가 없는데요. 습관적으로 '의'를 붙이고 있죠.

1. 문제의 해결 ⇨ 문제 해결
2. 음악 취향의 형성 시기 ⇨ 음악 취향이 형성되는 시기
3. 노조 지도부와의 협력 ⇨ 노조 지도부와 협력하는 일
4. 문제 해결은 그 다음의 일이다. ⇨ 문제 해결은 그 다음 일이다.
5. 이제는 모든 걸 혼자의 힘으로 해내야만 한다. ⇨ 이제는 모든 걸 혼자 힘으로 해내야만 한다.
6. 부모와의 화해가 우선이다. ⇨ 부모와 화해하는 일이 우선이다.
7. 선수들은 소속 팀에서의 활약 여부에 따라 올스타에 뽑힐 수 있다. ⇨ 선수들은 소속 팀에서 보이는 활약 여부에 따라 올스타에 뽑힐 수 있다.

특히, 3번, 6번, 7번의 경우 '와의, 와의, 에서의' 등의 이중조사를 쓰고 있는데요. 이건 정말 지양하면 좋겠어요.

—2017. 02. 13

문장 5적

우리글의 특성은 서술어가 단조롭다는 데에 있지요. 그런데 종종 이 말을 오해하는 분이 있어요. 형태가 단조롭다는 거지, 내용이나 의미까지 그런 건 아니거든요. 단조로움은 획일화나 몰개성과는 달라요. 되레 단조롭기 때문에 더 정확하게 구분해서 써야 하고, 또한 단조로움 속에서 차별화를 기하면 더욱 돋보이게 되죠.

서술어와 함께 글의 멋과 맛을 저해하는 요소들을 일러 '우리글을 망가뜨리는 악동들'이라고 부르고 싶어요. 상투적이고 식상한 표현을 만드는 '문장 5적'이라 할 수도 있겠고요.

1. 조사 '~의'의 반복을 피하라.(예: 철수의 고민의 핵심은 그의 일상
   의 무료함인 것 같다.)

2. '~하고 있다', '~하는 것이다(말이다)'처럼 질질 끌거나 지시어를 사용한 서술어를 피하라.

3. 의존명사 '수'의 오남용을 피하라. (수밖에, 할 수 있는, 그럴 수도 있다 등)

4. 피동형 서술어(영어의 '수동태')와 유보적인 서술어(~인 것 같다)를 피하라.

5. 되도록 접속어(접속부사: 그리고, 그러나, 그래서 등)를 생략하라. 접속어 없이 문장과 문장을 자연스럽게 연결되도록 하라.

＊ 자신이 쓴 글에서 위의 '5적'이 얼마나 자주 출몰하는지 살펴보세요.

—2017.02.16

지인 중에 구두점을 전혀 사용하지 않는 글쓰기를 고집하는 분이
있었어요. 실제로 그의 메일을 받아보면 구두점이 하나도 없는 글
을 보게 되지요. 오로지 글자로만 이루어진 문장, 그런 걸 일러 천
의무봉天衣無縫이라고 해야 할는지요. 그분은 시인이었어요.

어떤 친구는 띄어쓰기를 하지 않기도 해요. 왜냐고 물었더니 어
이없는 말을 하더라고요. 인생을 띄엄띄엄 살지 않기 위해서라나.
실제로 띄어쓰기를 전혀 하지 않던 시절이 있긴 했어요. 구한말이
나 일제강점기에 나온 신문들을 보면 알 수 있죠. 당시엔 아예 띄어
쓰기라는 게 없었나 봐요. 여전히 한자문화가 지배하던 시대였으니
까요.

사람에 따라 나름의 문체를 즐기는 것 같아요. 소설가 박상륭의 문장이 그랬듯이 띄어쓰기가 없는 문장이 있는가 하면, 이문구 선생처럼 기나긴 만연체 문장을 쓰는 사람도 있고, 반대로 문체가 빼어나기로 유명한 작가 김훈의 경우 단문의 아름다움이 한 경지를 이룬 느낌을 주기도 하죠.

"언어를 죽이는 것은 바로 언어의 무의식적 사용이다."

《공부하는 삶》앙토냉 질베르 세르티양주Antonin Gilbert Sertillanges 지음, 유유 출간에 나오는 폴 발레리의 말이에요. 좋은 문체는 쓸모없는 것을 모조리 배제하죠. 문체는 풍요 속의 긴축이에요. 문체는 필요한 대목에서는 소비하고, 어떤 대목에서는 능숙하게 배열해 절약하며, 또 어떤 대목에서는 진리의 영광을 위해 자원을 아낌없이 쓰는 거죠. 문체의 역할은 스스로 빛나는 것이 아니라 재료를 돋보이게 하는 것이죠. 그럴 때 문체 자체의 영광이 드러나게 되거든요. 미켈란젤로는 "아름다운 것이란 모든 과잉을 제거한 것"이라고 말했고, 들라크루아Eugène Delacroix는 미켈란젤로가 "배경은 크게, 볼의 선은 단순하게, 코는 대강 그렸다"고 지적했지요.

문체가 갖추어야 할 특성은 다음 세 단어로 포괄할 수 있어요. 바로 진실, 개성, 간결함이죠. 단 하나의 표현으로 요약하자면 '진실하게 써야 한다'는 것이겠고요. 진실한 문체란 사유의 필연성에 상응하는 문체, 대상들과 긴밀히 맞닿아 있는 문체거든요.

저 역시 기본에 충실한 문장을 선호하는 편이에요. 어설프게 문체주의에 빠지기보다는 글의 전달력에 더 신경을 써야 하니까요. 페이스북에선 띄어쓰기를 무시한 글을 종종 보게 되는데요. 저절로 눈살을 찌푸리게 되더라고요. 뿐만 아니죠. 문장의 기본도 갖추지 못한 사람이 기교를 부리는 경우도 있어요. 아는 사람이거나, 제자라면 바로 잔소리가 들어갈 텐데요. 문장의 기본을 지키는 것, 그것 이상 좋은 문체를 만드는 힘은 없다는 걸 명심해야 해요.

—2017.03.04

분명한 글을 써라!

"모든 사회문제를 해결하기 위한 방안을 모색함에 있어서 현실적인 문제와 정치적 고려가 상충한다는 점은 누구나 아는 사실이면서 또한 극복하기 힘든 일이므로 합리성이란 둘 사이의 절충점을 찾는 일이면서 동시에 결단을 요구하는 일이기도 하다."

시종 이런 장문으로 이루어진 글을 읽다가 화가 나서 책을 덮어버렸던 적이 있어요. 도대체가 무슨 말을 하려는 건지 모르겠고, 자세히 읽어보면 결국 하나 마나 한 헛소리에 다름 아닌 거죠.

책을 읽다 보면 지나치게 긴 문장을 접하게 되는데 지식인 연 하는 사람의 글이 대체로 그런 편이에요. 당연히 가독성은 떨어지고 의미 또한 명료하게 전달되지 않지요. 만약 제 강의에 들어온 학생의 글이 그랬다면 즉각적으로 과제를 내주었을 거예요. 세 개 이상의 문장으로 나누라고. 일테면 이런 식으로.

"모든 사회 문제는 정치적 상황과 연동돼 있다. 따라서 문제해결을 위해서는 현실과 정치상황의 면밀한 분석과 검토가 필요하다. 합리성이란 둘 간의 절충점을 찾는 것이면서 동시에 결단력을 발휘하는 것이다."

반대로 촌철살인의 문장도 있죠. 제 기억으론 파울로 코엘료의 소설 《포르토벨로의 마녀》임두빈 역, 문학동네 출간에 나오는 에피소드가 무릎을 치게 했어요.
이혼의 상처를 치유하기 위해 교회(성당)를 찾은 아테나는 신부님으로부터 충격적인 얘길 듣고 좌절하죠. 신부님의 말씀인즉, 이혼한 사람은 교회에 들이지 말라는 법이 있으니 앞으론 교회에 나오지 말라는 거였죠. 그 말을 듣고 서운해하는 아테나를 달래기 위해 신부님이 건넨 한마디 위로가 압권이에요.

"이 놈의 교회법이 얼마나 엉망인지, 예수님께서도 교회에 발을 들이지 못하셨단다."

신부님의 지혜가 놀랍고, 그토록 귀한 말씀을 잡아채 소설의 에피소드로 녹여낸 코엘료의 문장력에 경탄하지 않을 수 없었죠. 그러고 보니 글쓰기와 관련한 촌철살인의 문장이 하나 더 있네요.

"분명하게 글을 쓰는 사람에게는 독자가 모이지만, 모호하게 글을 쓰는 사람에게는 비평가만 몰려들 뿐이다."

알베르 카뮈의 말이지요. 이 말이 오죽 마음에 들었으면 아예 명함 뒷면에 새기고 다닐까요. 모름지기 글은 분명하게 써야 한다는 걸 잊지 않으려는 거죠. 그러고 있는지는 모르겠지만요.

—2017.05.05

좋은 글을 쓰려면

이따금 사람들로부터 "글을 잘 쓰려면 어떻게 해야 하느냐?"는 질문을 받는데요, 저만 그런 게 아니었나 봐요. 고 이윤기 선생 역시 생전에 그런 질문을 많이 받았던 모양이에요. 선생께선 이렇게 정리하고 있네요. "내가 글을 잘 써서 이런 질문을 자주 받는 것이 아니고, 글 쓰는 일을 직업으로 삼고 있기 때문일 것이다." 저 역시 같은 이유일 거라 생각하고요.

아무려나 이윤기 선생은 그런 질문을 받을 때마다 이렇게 대답하셨다고 해요. "생각나는 대로, 말하고 싶은 대로 쓰면 초단은 되어요." 듣고 보니 참 쉽네요. 이렇게 쉬운 걸 사람들은 왜 어려워하는 걸까요? 이어지는 선생의 말씀을 경청할 필요가 있겠지요. "멋있게 보이고 싶어서 제 생각을 비틀다 제 글의 생명이라고 할 수 있는 생각을 놓쳐버리기 때문이다."

선생은 좋은 글을 쓰는 사람으로 하필 도올 김용옥과 조영남을 예로 들어요. 요즘 행보가 극명하게 대비되는 둘은 그러나 글쓰기만큼은 비슷한 면이 있죠. 선생의 설명대로라면 둘은 공히 구어체, 즉 입말을 쓰죠. 문어의 구어화는 영어권에서도 오래전부터 진행되어 왔으며 심지어 미국의 모 대학신문은 사설조차도 구어체로 쓰고 있더라는 말씀을 전하면서죠. 구어체란 한마디로 말과 글쓰기를 분리할 것 없이 그대로 쓰는 것을 의미하죠.

반면, 지나친 엄숙주의자도 있죠. 질질 끄는 문어체에 익숙한 학자풍의 사람들이 그러할 법한데 실은 작가들 중에도 그런 사람이 꽤 있었던 걸로 기억돼요. 글의 엄격성에 지나치게 집착한 나머지 과작으로 생을 마감한 작가들 말이죠. 벨기에 작가 베르나르 키리니의 소설 《첫 문장 못 쓰는 남자》가 절로 떠오를 수밖에요. 소설의 화자(굴드)는 첫 문장에 대한 두려움 때문에 글을 쓰지 못해요. 두려움을 잊는 방법으로 그가 택한 것은 다른 작가들의 첫 문장을 조사하는 것이었죠. 그리고 누구도 동의하지 않을 수 없는 위대한 첫 문장들을 발견하게 되죠.

굴드가 발견한 프랑스 소설 중 최고로 위대한 첫 문장은 "오늘, 엄마가 죽었다"와 "오랫동안 나는 일찍 잠자리에 들었다"에요. 알베르 카뮈의 《이방인》과 마르셀 프루스트의 《잃어버린 시간을 찾아서》의 첫 문장들이죠. 첫 문장 고민이 점점 깊어진 굴드는 문득 그 두 문장을 패러디해서 첫 문장을 쓰면 어떨까를 고민하기에 이르고 실행하게 되죠.

"오늘 엄마가 죽었다. 그렇지만 나는 변함없이 일찍 잠자리
에 들었다."

글쓰기에 익숙지 않은 사람들 대부분은 베르나르 키리니의 고민
에 공감을 표할 성 싶어요. "첫 문장만 쓰고 나면 글이 술술 풀릴 텐
데, 그게 참 어렵네"라고 중얼거리면서 끝내 글을 쓰지 못하는 사람
들 말예요.

저는 비교적 글을 쉽게 쓰는 편이에요. 그게 꼭 좋은 습관이라고
할 순 없지만 이윤기 선생의 말씀 마따나 일단 글쓰기의 초단 정도
는 되는 것일 테죠. 일단은 생각나는 대로 쓰고 순간의 느낌을 적어
나가는 거죠. 그렇게 한참을 나아가다 이게 아니다 싶으면 다시 첫
문장으로 돌아와 고치기 시작해요. 물론 고치는 과정이 만만치 않
지만 일단 썼던 글을 고치는 건 처음 쓰는 것보다는 한결 수월하죠.
《잘 쓰려고 하지 마라》메러디스 매런Meredith Maran 편저, 생각의길 출간에
등장하는 쟁쟁한 작가들이 공통적으로 하는 말이 그래요.

"너무 잘 쓰려고 고민하지 말고 일단 써라. 그러다 보면 글 실력
은 저절로 늘게 되어 있다."

—2017.03.12

오컴의 면도날

글을 장황하게 쓰는 사람이 있어요. 연설은 짧을수록 좋고 문장
역시 간결해야 좋은 법인데 그걸 알면서도 지키지 못하는 거죠. 좀
배웠다는 사람일수록 글을 길게 늘어뜨리기 일쑤예요. 결론을 이끌
기 전에 전제를 많이 깔고, 설명이 길어지는 거죠. 어쩜 이 글도 그
런 느낌을 줄지 모르겠지만요.

'오컴의 면도날'이라는 말이 있지요. 철학적인 냄새가 물씬 풍기
는 말인데요. 실제로 중세철학의 주요 쟁점이었던 실재론과 유명론
의 대립에 대해 명쾌하게 정리해준 말이라고 하네요. 유명무실한
보편적 실체를 베어내야 한다는 뜻인데, 쉽게 말하자면 "문장이든
말이든 간단한 게 좋은 것이다"라는 뜻이 아닐까 싶어요.

언젠가 제 글을 일러 너무 편하게 읽히는 글이라고 칭찬해 주신

분이 계셨어요. 그래 저는 짐짓 겸손하게 "제가 지적 수준이 낮아서 어렵고 긴 글은 쓰고 싶어도 쓰질 못해요"라고 말했있죠. 그랬더니 한술 더 뜨더라고요. "생각이 깊지 않은 사람의 글일수록 어려운 법이지요."

오컴의 면도날은 평소 장황한 전제와 지루한 설명을 늘어놓는 글을 썼던 분이라면 반드시 새겨둘 필요가 있는 말이에요. 저 역시 경계해야 하겠고요.

존경하는 고 남경태 선생님이 쓰신 《개념어 사전》남경태 지음, 들녘 출간에선 오컴의 면도날을 아주 명쾌하게 설명해 주네요.

"면도날이 너무 날카로우면 오히려 얼굴을 베기 쉽다."

쉽게만 쓰는 것도 능사가 아니라는 뜻인 듯해요. 전후 설명을 생략한 채 다짜고짜 주장만 하는 건 외려 역효과를 낼 수도 있으니까요. 때론 깊게 때론 가볍게, 때론 짧게 때론 자세하게, 완급과 분량, 수위 조절이 필요한 거죠. 아, 글쓰기는 참 어려워요. 보르헤스Jorge Luis Borges의 말씀마따나 완벽한 글이란 있을 수 없어요. 쓰고 고치기를 반복하는 수밖에요.

—2017.04.03

원고와 책

"내가 쓰고 있는 이 글이 무엇인지 모른 채 마음에서 들려오
는 소리를 적는 것이 '낙서'이고, 퇴고의 가능성을 생각하면서
일단 최초의 완성본을 끝까지 써보는 것이 '초고'이며, 여기에
온갖 퇴고 과정을 거쳐 다듬고 또 다듬고 깎고 또 깎아 만들어
낸 것이 '완성된 원고'입니다. 그런데 이것이 끝이 아니지요. 원
고와 책은 엄연히 다르기 때문입니다."

정여울의 《공부할 권리》정여울 지음, 민음사 출간에 나오는 글이에요.
좀 더 밀어붙여 보자고요. 원고와 책이 어떻게 다른지.
　책을 만들려면 일단 원고가 있어야 하니 원고가 책의 기본적인
재료라는 건 누구나 알고 있는 사실이죠. 자, 그럼 원고가 책이 되

기 위해선 어떤 것이 더 필요할까요?

　일단 원고의 가치를 눈여겨봐야겠죠. 누구나 쓸 수 있는 글, 어디선가 본 듯한 글, 전문성도 문체의 개성도 결여된 글이라면 책이 잘될 리 만무하죠. 뿐만 아니에요. 원고만 보고 책을 내기로 결정하는 출판사는 없어요. 좋은 원고인 데다 누가 쓴 원고인가도 중요한 거죠. 책의 저자로서 갖추어야 할 자격도 있는 거죠. 대략 어떤 삶을 살아 온 사람인가, 이슈가 될 만한 사람인가, 다루고 있는 분야의 전문가 혹은 권위자인가.

　원고와 저자가 신뢰할 만하다면 계약이 이루어지죠. 경우에 따라선 원고 없이 기획만으로 계약이 이루어지기도 하고요. 그러나 계약은 책 만들기의 시작에 불과해요. 이때부터 저자와 출판사(편집자)의 밀당이 시작되죠.

　저자가 초고를 출판사에 보내면 편집자는 글의 배치(순서)와 내용 중 보완할 것과 추가할 것, 아예 빼버릴 것을 정리하죠. 그럼 저자는 재고에 들어가게 되고요. 재고를 보내면 편집자는 문체의 일관성, 비문과 오문의 교정 작업을 거친 뒤 다시 저자에게 보내요.

　이제 저자는 삼고에 들어가게 되는데요. 여기서부터 프로와 아마추어가 갈리곤 해요. 아마추어는 '이쯤 됐다' 생각하지만 프로는 더 꼼꼼하게 원고를 다듬고 또 다듬죠. 그 무렵 출판사에서는 표지와 내지의 디자인 작업을 진행하고 마케팅 계획도 세우죠.

PS. 몇 권의 책을 내면서 겪었던 지극히 개인적인 경험담일 뿐 일반적인 과정은 아닐 수 있어요.

—2017.05.09

자기계발서의 18개월 법칙

자기계발서의 마수에 걸려 이곳저곳, 그렇고 그런 자기계발 강좌와 모임을 전전하는 이들이 있어요. 그렇게 쫓아다니면서 주워들은 몇 마디 말을 블로그나 페이스북에 올리며 다짐, 결심, 맹서를 남발하죠. 그런 걸 볼 때면 기묘한 연민이 느껴져요. 문제는, 그러기가 수년째인데도 그분의 삶은 별반 달라진 게 없어 보인다는 거죠. 그토록 절절했던 다짐과 맹서들은 어디에 처박혔단 말인가요.

대니얼 카너먼Daniel Kahneman 등이 쓴 《생각의 해부》대니얼 카너먼 외 지음, 존 브록만 엮음, 와이즈베리 출간에 '자기계발서의 18개월 법칙'이 나와요. 삶이 팍팍해질 때 자기계발서를 읽으며 더 나은 미래를 꿈꾸는 사람은, 18개월 전에도 똑같은 이유로 지금 집어든 책과 흡사한 내용의 자기계발서를 읽었을 가능성이 크다는 거죠.

특히, 직장인 중에 자기계발의 강박에 시달리는 이들이 많죠. 대기업, 중소기업 가릴 것 없이 저마다 강박적으로 자기계발에 목을 매는 거죠. 그런 이들의 강박과 갈급을 집요하게 파고드는 것이 하나 더 있어요. 이른바, 인문학이라는 그럴듯한 이름으로 포장된 TV 강의 프로그램이에요.

기가 막힐 정도로 현란하고 요란한, 그러나 깊이라곤 찾아볼 수 없는 스타강사의 입담에 현혹되다 보면 그게 근거가 있는 얘긴지, 맞는 말인지도 모른 채 빠져들게 되죠. 그러면서 자위해요. 이제 난 자기계발을 넘어 인문학도 섭렵하고 있다고.

'쉽게 얻으면 악이요, 노력해서 얻어야 선'이라는 말이 있죠. 자기계발서 몇 권 읽는 것으로 인생이 달라지길 바란다면 그건 두말할 것도 없이 악에 편승하는 거예요. 다르지 않아요. 기나긴 세월 깊이를 더해 온 인문학 개념들을 '밑줄 쫙쫙, 돼지꼬리 땡땡'식으로 싸지르는 입시학원강사의 수다 몇 번 들어서 내 것으로 만들 수 있다고 생각한다면 그 역시 악과의 동거를 자처하는 꼴이죠. 미네르바의 부엉이는 늘 황혼녘에 온다잖아요. 담담하고 진득하게 삶을 성찰할 때, 그때 비로소 선을 맞을 수 있죠.

—2017.06.09

PART
4

/ 느 / 끼 / 다 /

85호 크레인 밑에 앉아

동이 트네요. 한진중공업 공장 가운데 우뚝 선 85호 크레인 위로 눈이 부시게 해가 솟아올랐어요. '날라리'의 힘찬 뽕짝메들리에도 아랑곳없이 동트는 신새벽의 공기는 차갑네요. 35m 공중에 떠있는 김진숙은 얼마나 추울까, 이내 움츠렸던 몸을 곧추세워 봅니다.

갓난아기를 안고 무대에 올라온 해고노동자 아내의 목소리가 잠시 떨렸을 뿐 누구 하나 불안해하지 않아요. 아기는 엄마의 절규와 청중들의 아우성을 헤아리듯 사려 깊은 잠을 자고 있고요.

김진숙이 크레인 밖으로 고개를 빼꼼 내밀고 손을 흔드네요. 그렇게 모두가 날밤을 새웠건만 달라진 건 아무것도 없어요. 김진숙은 여전히 크레인 위에 있을 것이고요. 해고노동자는 여전히 힘겨운 복직투쟁을 하게 되겠죠.

머리 위 펼침막 문구가 흉통을 유발하네요.

"해고는 살인이다"

—2017.03.17

생애 처음
민들레를 기다리는 봄

"낮은 곳에 피었다고 꽃이 아니기야 하겠습니까. 발길에 채인다고 꽃이 아닐 수야 있겠습니까. 소나무는 선 채로 늙어 가지만 민들레는 봄마다 새롭게 피어납니다. 부드러운 땅에 자리 잡은 소나무는 길게 자랄 수 있지만 꽁꽁 언 땅을 저 혼자 힘으로 헤집고 나와야 하는 민들레는 그만큼만 자라는 데도 힘에 겹습니다. 발길에 채이지만 소나무보다 더 높은 곳을 날아 더 멀리 씨앗을 흩날리는 꽃, 그래서 민들레는 허리를 굽혀야 비로소 바라볼 수 있는 꽃입니다.

민들레에게 올라오라고 할 게 아니라 기꺼이 몸을 낮추는 게 연대입니다. 낮아져야 평평해지고 평평해져야 넓어집니다. 거울에도 푸르른 소나무만으로는 봄을 알 수 없습니다. 민들레가

피어야 봄이 봄일 수 있지 않겠습니까. 생애 처음 민들레를 기다리는 봄. 이 설렘을 동지들과 나누고 싶습니다."

머리로 기억하는 글이 있는가 하면 가슴에 새긴 글도 있습니다. 제게 이 글은 가슴에 새긴 글이지요. 읽을 때마다 가슴이 저려오는 김진숙의 《소금꽃나무》김진숙 지음, 후마니타스 출간에 실린 글이고요.

김진숙, 정말 오랜만에 불러보는 이름이네요. 지금은 어디서 뭘 하며 지내는지 궁금하고 또 궁금하네요. 누구 아시거든 좀 알려주세요. "우리가 김진숙이다"를 외치며 희망버스에 올라 부산으로 향하던 때가 엊그제 같은데 어느새 6년의 세월이 흘렀어요. 그새 세상이 좀 달라졌으면 좋으련만 아직도 세상은, 특히 노동자의 삶은 고달프고 팍팍하기만 하네요.

35미터 크레인에서 304일 동안 농성하던 김진숙은 그해 11월에 내려왔지요. 희망버스는 국회 청문회와 노사 재협상을 이끌어냈고, 무엇보다 노동과 시민의 아름다운 연대의 상징으로 자리매김 되었고요.

아, 그러나 그걸로 끝이 아니었어요. 끝날 일이 아니기도 했고요. 김진숙 이후 더 많은 노동자가 저마다의 사연을 안고 혹은 크레인에, 혹은 송전탑에, 심지어 도심 광고판 위에 올라가고 있으니까요.

어찌 보면 김진숙은 아직 크레인에서 내려온 게 아닐지도 몰라요. 설령 내려왔더라도 제2, 제3의 김진숙이 계속해서 오르고 또 오르는 한 온전히 내려왔다고 말할 수 없는 거지요.

노동자는 왜 높은 곳에 올라가는 걸까요. 아래로 내려와 연대하자고 해놓고선 정작 자신들은 높은 곳, 더 높은 곳으로 오르는 이유가 무엇일까요. 제 짧은 생각엔 세상 사람들에게 더 낮은 곳의 삶을 살펴봐 달라고 호소하는 것 같아요. 저 낮은 곳에도 사람이 살고 있다는 걸 알리기 위해서 부득이 높은 곳에 오르는 걸 테죠. 높아지기 위해서 오르는 것이 아니라 너무 낮게 살아왔기 때문에 제대로 세상을 보려고 오르는 것일 수도 있겠고요.

민들레 연대, 모두가 높은 곳을 쳐다보지만 우리네 삶의 진면목은 낮은 곳에 있다는 것을 환기하는 말이지요. 촛불의 의미는 저기, 높은 곳에 있는 한 사람을 끌어내리기 위한 것만은 아닐 거예요. 그보다는 낮은 곳에 사는 사람들이 모여서 서로의 힘겨움과 분노를 다독이며 그래도 세상은 살 만한 곳임을 확인하는 것일 테죠. 어느새 우리는 민들레 연대를 살고 있어요.

—2017.03.06

학교, 불편을 체화하는 공간

저는 평소 학교의 의미에 대해 독특한 지론을 펴왔어요. 간단하게 정리하자면, 학교는 불편을 익히는 곳이어야 한다는 거죠.

전통적 의미에서 학교는 여유의 공간이면서 동시에 자유의 공간이에요. 자유란 어떠한 형태의 간섭과 타율을 배격한다는 자율의 의미지요. 아울러 여유란 학교 본연의 의미와 일맥상통하죠. 인간 사회에서 최소한 생활필수품 조달이나 생계를 위한 노동으로부터 자유로운 공간이 하나쯤은 있어야 한다는 점에서 여유의 공간이지요. 학교school의 그리스어가 스콜레schole이며 이는 영어의 레저 leisure와 같은 뜻이니까요.

불편을 익히는 공간이어야 한다는 의미는 책읽기와 관련이 있어요. 책읽기를 어려워하는 어른들을 생각할 때마다 떠올리는 건데요. 그건 학교에서 책읽기 훈련이 안 된 상태로 어른이 된 탓이라고 보는 거죠.

학교는 학원이나 인터넷에서 쉽게 얻을 수 있는 정보를 굳이 딱딱한 의자에 앉아 교과서를 읽으며 익히도록 하는 곳이잖아요. 책읽기 또한 마찬가지죠. 지식과 정보를 얻는 방법은 다양하지만 굳이 책을 통해 얻도록 하는 것. 바로 그걸 가르치는 시간이 학창시절이어야 한다는 거죠. 바라기는, 학창시절 최소한 고전을 읽는 불편을 감수하게 하자는 거예요.

학교 다닐 때 책 안 읽은 사람이 어른이 된 뒤 책을 읽을 리 없죠. 읽어야 한다는 강박을 느끼지만 막상 읽으려 하면 불편하고 고통스럽죠. 그러니 보다 편리한 것에 편승하면서 종내 책을 멀리하게 되는 거고요.

—2017.05.10

예의 없음을 말해야 할 때

어언 결례와 무례, 몰상식이 우리 사회의 주된 풍경이 돼버렸어
요. 이제 우리는 우리 사회의 '예의 없음'에 대해 말해야 할 때예요.
더 이상 미룰 수 없죠. 어느덧 사회 전반에 예의 없음이 만연했기
때문이지요.

일류대에 다닌다는 일부 남학생들이 동료 여학생을 오로지 성적
대상으로 여기며 노골적인 희롱의 언사를 남발해 왔다네요. K대에
이어 S대 학생들의 행태가 드러났죠. 충격이에요.

국민정서에 지대한 영향을 끼치는 공영방송의 행태도 예의 없기
는 마찬가지예요. 한 프로그램을 14년 동안이나 진행한 방송인에게
작별인사의 기회조차 주지 않고, 무려 18년 동안이나 진행한 방송
인 역시 이렇다 할 예고도 없이 교체해 버렸죠. 당사자에게는 물론

이고 청취자와 시청자에 대한 예의 없음이고 오만방자함이에요.

주변국과 다수 국민의 우려를 무시하고 사드 배치를 결정한 박근혜정부도 그렇거니와, 장애인을 위한 특수학교의 건립을 막아선 강서구 일부 주민들의 행태 역시 예의 없음의 전형이지요. '님비'를 넘어 후안무치의 극치라 하지 않을 수 없어요.

단식농성을 하는 세월호 유족들 앞으로 치킨과 피자를 배달시켜 폭식투쟁을 하는 젊은이들이 있었고, 유족들에게 시체장사를 그만하라고 윽박지르는 정치인, 아이들 급식을 책임진 노동자를 모욕하는 정치인도 있어요. 이게 대체 사람 사는 세상에서 있을 수 있는 일인가요. 동료 검사의 죽음을 안타까워하거나 애도를 표하는 대신 함구령부터 내리는 검찰, 자살한 검사의 부모에게는 왜 댁의 아들만 그랬느냐고 따져 묻는 검찰, 그런 검찰에 인간에 대한 예의를 기대할 수 있을까요.

화룡점정은 교육부 고위공무원이었죠. 국민을 개돼지에 비유하고, 최소한의 먹을 것만 해결해주면 그만이라네요. 이게 도대체 교육정책을 입안하는 사람의 말일 수 있는 건가요?

한때 우리는 동방예의지국이라는 자부심으로 살았죠. 그걸 고수하자고 주장하고 싶지는 않습니다만 무례와 몰상식의 구렁텅이에서 벗어나기 위해 노력하자는 거죠. 누굴 탓하고 누굴 원망하기 전에 자신을 돌아보고 주변을 살펴야지요. 아닌 건 아니라고, 예의 없음에 대해서는 예의 없음이라고 말해야지요. 우리 모두 깊이 성찰해야 할 때에요.

—2017.07.12

뜨거운 인생들

친구들 최루탄에 맞고, 군대에 끌려가고, 구속되고, 고문당하다 죽을 때, 꿋꿋하게 자기공부에 매진하던 치들이 있었죠. "너는 왜 이 땅의 민주화를 위해 싸우지 않느냐?"고 힐난하면 "사회에 진출해서 제 역할 하면 될 것 아니냐"고 강변하던 치들이지요. 20대에도 뜨겁지 못했던 치들이 나이 들어 뜨거워질 리 없다고 생각했지만, 나름의 선택이고 자유의지러니 하고, 더 이상 비난하지 않았어요.

그렇게 공부해서 판검사변호사 되고, 사무관 되고, 대기업 다니고, 의사 되고, 유학파 교수 되고, 정치에 투신해서는 이 땅의 주인 행세를 하며, 민주주의와 시대의식을 떠들어 대죠. 심지어는 뒤늦게 '뜨겁게' 살고요. 더 힘센 자리로 가기 위해 '뜨겁게' 곡학아세하고, 더 많은 돈을 벌기 위해 '뜨겁게' 양심을 팔고, 대학병원에 붙어 먹기 위해 의사의 양심쯤 흔쾌히 내던지는 식으로 '뜨겁게' 살죠.

이제 와서 왜 그렇게 뜨겁게 사느냐고 물으면 대답은 뜻밖에도 소박하죠. 가족을 지키고, 자식의 미래를 위해서라고. 칠순 노인을 직사물대포로 날려버리고도 사과하지 않던 경찰총수가 퇴임식에서 자기 가족 들먹이며 눈물 보이고, 서울대 의사라는 자는 사망진단서의 사인을 조작하고, 대학교수가 권력에 빌붙어 기업에서 '삥'이나 뜯는 식으로 아주아주 '뜨거운 인생들'을 살아요.

반면, 청춘기를 뜨겁게 보낸 이들은 식어빠진 풀빵처럼 흐물흐물해진지 오래지요. 저임금 노동자로 살고, 가난한 농민으로 살고, 예술 나부랭이 읊조리며 살고, 술추렴하며 살고, 비정규 교원으로 캠퍼스를 떠돌고, 치킨 배달을 하고, 학원가를 전전하며 살아요. 여전히 가슴 저 깊은 곳에 뜨거운 불덩이를 안고서…….

—2017. 10. 03

신념의 종교화는 위험합니다

"정해진 운명대로 살아야 한다면 그 얼마나 따분하고 고루한 삶일까요. 삶이 아름다운 건 변화의 가능성이 있기 때문입니다. 신이 인간의 삶을 규정한다고 말하는 종교보다 스스로 삶의 양태를 만들어낼 수 있다고 믿는 철학이 훨씬 매력적인 이유입니다."

베른하르트 슐링크Bernhard Schlink의 소설 《귀향》베른하르트 슐링크 지음, 이레 출간에 나오는 드 바우어의 '철학적 전환'이라는 얘기를 접한 뒤 기록해 두었던 글입니다.

새삼 이 문장을 끄집어낸 데는 나름 이유가 있습니다. 신념이라는 것에 대해 생각해볼 필요를 느꼈기 때문입니다. 신념이 지나쳐 종교가 되는 경우를 왕왕 봅니다. 특히 정치적 신념이 그럴 가능성이 높습니다. 특정 정치인에 매료되는 건 자연스러운 일이지만 신뢰가 곧 맹신이 되는 것은 경계해야 합니다. 맹신은 필연적으로 우상화로 이어지기 때문입니다.

신념의 종교화는 위험합니다. 보다 다양한 세계와 조우하는 것을 방해합니다. 삶이란 다양한 세계와 만남을 통해 스스로의 정체성을 찾아가는 과정입니다. 그것을 막는 것이라면 그 어떤 것도 삶에 도움이 되지 않습니다.

—2017.05.08

자이가르닉 효과

몇 해 전이었던가요. 난데없이 "선영아 사랑해!"라는 문구가 도심 곳곳을 도배했었잖아요. 기억하시죠? 많은 사람의 궁금증을 자아냈던 그 황당한 플래카드. 뒤늦게 그게 새로운 광고기법이라는 걸 알고 나서 어찌나 허탈했던지요.

그런 광고를 일러 티저광고teaser advertising라고 한다죠. 광고의 대상자에게 호기심을 제공하면서, 광고 메시지에 관심을 집중시킴과 동시에 후속광고 도입의 구실도 마련하는 광고. 티저teaser는 '놀려대는 사람, 짓궂게 괴롭히는 사람'이라는 뜻이에요.

광고는 결국 사람의 심리를 이용하는 거잖아요. 어떻게 하면 사람의 관심을 끌 것인지가 광고효과의 척도인 거죠. 티저광고 역시 배면에는 심리학의 연구 성과가 자리하고 있어요. 일명 '자이가르닉 효과Zeigarnik effect'라는 거죠.

베를린대학교 심리학과 학생 자이가르닉B. Zeigarnik은 지도교수와 카페에서 자주 세미나를 했는데요. 자이가르닉은 카페에서 신기한 현상을 발견했어요. 카페의 직원들이 아직 계산하지 않은 테이블의 주문내역은 정확하게 기억하는데 반해 이미 계산하고 나간 손님이 무엇을 주문했었는지는 전혀 기억하지 못한다는 걸 알게 된 거죠. 이상하게 생각한 자이가르닉은 이 현상을 연구하기 위해 정교한 실험을 디자인했죠.

각 두 그룹의 학생에게 과제를 내준 뒤 한 그룹은 과제를 완성하게 하고, 다른 그룹은 의도적으로 완성하기 전에 과제 수행을 중단시켰어요. 그 후 각 그룹의 학생들에게 과제의 내용을 어느 정도 기억하는지 조사했지요. 결과는 놀라웠어요. 과제를 완성한 그룹에 비해 중단한 그룹의 기억이 약 1.9배나 더 높게 나타났던 거죠. 이른바 '자이가르닉 효과'의 탄생이지요.

'키핑'해 놓은 술이 있는 술집에는 반드시 다시 가게 되잖아요. 그것도 자이가르닉 효과일까요?

—2017.02.17

50회의 인터뷰
(Fifty Interview)

창업을 계획하고 계시나요. 요즘 같은 불확실한 시절에 창업은 실로 엄청난 용기를 필요로 하는 도전이지요. 창업을 위해서는 계획도 잘 세우고 실무적인 준비도 철저히 해야 하지요. 관련 분야의 전문가나 경험자에게 조언을 듣는 걸 잊지 말아야 하겠고요. 그러나 가장 중요한 건 따로 있어요. 바로 아내(다른 말로는, 부인, 집사람, 마누라, 하느님, 주군)의 허락이지요ㅋ.

미국의 어떤 남자가 창업을 하려고 했더니 아내가 "그럼, 먼저 전문가 50명쯤은 만나보고 나서 결정하라"고 잔소리를 했다네요. 남자는 아내가 시키는 대로 인터뷰를 진행하기 위해 전문가들의 연락처를 수소문했고, 한 사람 한 사람 찾아다니며 인터뷰를 진행해 나갔어요.

그렇게 그는 50명의 전문가와 인터뷰를 한 끝에 결국 아내의 허락을 받고 새로운 회사를 차리게 되었어요. 그가 창업하는 데 가장 큰 힘이 된 것은 물론 50회의 인터뷰였지요. 거기서 얻은 지식과 노하우야말로 창업의 밑거름이자 시드 머니였던 거죠. 그도 그럴 것이 기술이나 업계의 동향은 물론, 창업의 ABC까지 학습·전수받았고, 무엇보다 값진 것은 전문가 50명과 소통할 수 있는 네트워크를 형성한 것이었죠.

그 남자가 차린 회사의 이름은 바로 '50회의 인터뷰Fifty Interview'예요. 창업을 준비하는 사람을 위한 교육과 컨설팅을 전문으로 하는 매니지먼트 회사죠.

기회는 먼 곳에 있지 않아요. 도전하고 노력하는 자에게는 언제든 신호가 오게 돼있지요. 말이 그렇지 생면부지의 사람, 특히 전문가에게 인터뷰를 요청한다는 게 그리 쉬운 일은 아니잖아요. 얼마나 정성을 들였을까요.

저는 요즘 넉넉잡아 500명쯤의 전문가를 만나겠다는 각오를 하고 있어요. 물론 직접 만나긴 힘들죠. 개중엔 이미 돌아가신 분도 계시거든요. 제가 도서관에 가는 이유가 그것이에요. 사람을 만나 책을 매개로 인터뷰하는 거죠.

—2017. 02. 26

역동하는 정보와 인공지능

　세상에는 두 가지 타입의 정보가 있지요. 하나는, 정확하게 표현할 수 있는 정보, 즉 정량화된 정보이며, 다른 하나는 비정량화된 정보예요. 가령, 누군가 우리에게 어떻게 팔을 들 수 있는지 정확히 설명하라고 한다면? 우리는 별로 해줄 수 있는 말이 없지요. 걸어다니고, 문을 열고, 고양이와 강아지를 구별하고, 바둑을 두는 등 보여줄 수는 있지만 완벽한 설명이 어려운 것을 비정량화된 정보라 해요. 그런 비정량화 정보를 통해 이루어지는 행위를 '직관'이라고 부르지요.

　직관은 경험과 학습으로 만들어지는데 현대 뇌 과학에서 학습은 신경세포들 간의 연결고리시냅스에서 일어난다. 자주

보고, 듣고, 경험하는 정보를 저장하는 세포들 간의 연결성이
강화되어, 비슷한 정보를 받아들일 때 활성화될 확률이 높아
진다.

—참고, 《김대식의 인간 vs 기계》, 김대식 지음, 동아시아 출간

그러나 정보량이 기하급수로 늘어나는 현실에서는 정량적 정보
나 비정량적 정보직관에만 의존하며 살기는 힘들지요. 그래서 우리
는 두 가지 정보 외에 또 다른 정보, 즉 훨씬 복잡하고도 복합적인
정보를 습득, 활용, 해석하며 살아야 해요. 그것은 정량화된 정보이
기도 하고 비정량적 정보이기도 하며 때로 그 두 가지가 혼합된 정
보이기도 하죠. 복잡한 정보를 손쉽게 획득, 처리하기 위한 수단이
알고리즘이에요. 수학의 모든 공식이 그렇듯 알고리즘의 핵심은 단
순화지요. 다양한 정보를 알고리즘이라는 체계를 통해 표현하고 행
동하는 시스템이 바로 인공지능AI이겠고요.

정보가 워낙 많고 복잡해지다 보니 사람의 머리에는 세상의 모든
정보를 집어넣을 수 없죠. 그래서 대신 저장해두는 공간이 필요했
고, 그것은 서재였다가 도서관이었다가 컴퓨터로, 그리고 인공지능
으로 전환한 것이죠. 이제 지식과 정보는 암기할 그 무엇이 아니라
접속하고 검색해야 할 것이 되었어요. 이를 두고 유동하는 정보에
서 역동하는 정보로 변환되었다고도 하죠.

정보의 역동성과 인공지능은 상보적 관계이면서 동시에 정보취
득 효율의 극대화예요. 극대화 이후의 위험성과 위기에 대한 논의

가 앞서고 있지만 기우일 뿐이죠. 농업혁명이 들짐승을 가금류로 전환했듯이 정보혁명은 컴퓨터를 정보습득과 처리의 가금류를 만들었을 뿐이죠. 황소가 농민의 일자리를 빼앗았다고 생각하지 않는 것처럼 인공지능은 더 나은 쟁기를 만든 것에 다름아니에요.

—2017.08.11

권위주의와 권위

언제부턴가 우리 사회에서 권위라는 말은 권위를 상실했어요. 권위는 그새 오명이나 낙인이 되어버렸죠. 말이 이럴진대 그 의미는 오죽할까요. 소통하지 않고 권위만 내세웠던 권위주의 정권 탓이겠지만 꼭 그렇기만 한 것도 아니에요. 하여 우리 사회는 권위 있는 어른이나 원로, 권위 있는 학자, 권위 있는 예술가, 권위 있는 작가나 출판사도 갖지 못했어요.

문단권력이라는 말이 횡행하면서 3대 문학출판사가 도마 위에 올랐었죠. 우선은 그들의 권위와는 거리가 먼 낯부끄러운 행태 탓이 크죠. 또한 그들을 권위 있는 출판사로 견인하지 못한 문단의 부실성과 패거리 속성도 함께 비판받을 만하고요.

권위는 혼자 만드는 것이 아니에요. 권위 있는 출판사가 되려 했다면 마땅히 그에 걸맞은 모습을 보였어야 했지요. 그러지 못했고, 돈벌이에만 급급했죠. 문인들 역시 권위 있는 출판사로 추동하기보다는 자신들의 안온한 둥지가 되어주기만 바랐고요.

솔직히 C출판사 정도는 권위 있는 출판사로 거듭나길 바랐어요. 그러나 제아무리 훌륭한 개인이나 집단이라 해도 부단한 변화에의 노력과 내부의 개혁의지가 없다면 썩어문드러질 수밖에 없어요. 신경숙 표절사태를 통해 아프게 확인한 것이, 그것이에요.

문단과 출판사의 몰락에 더해 그나마 몇 안 되는 문학상마저 위기에 몰리고 있어요. 최고의 권위를 자랑하는 이상문학상 수상작(편혜영의 〈몬순〉)마저 표절시비에 휩싸였으니 말이죠. 참으로 안타까운 일이에요.

권위주의와 권위는 구분되어야 해요. 권위주의는 경계하고 배격해야 할 것이지만 권위 그 자체는 아름답고 귀한 가치예요. 부디 우리 사회의 제 분야에서 권위 있는 어른 혹은 대가, 집단이 출현하기를 바라요.

—2017.06.26

밥

"아침 굶고 집 나서면 사람구실 못한다. 사람은 밥심으로 사는 거다."

수십 년 아침 거르고 집을 나선 적이 없어요. 위에 소개한 어머니의 지론 덕분이에요. 어머니의 그 지독한 '밥심'론 덕분에 여태 몸을 지탱하고 있는 듯도 하고요.

유난히 밥에 대한 애착을 드러낸 작가가 있지요. 김훈이에요. 그러고 보니 밥이나 문장이나 짓는다는 점에선 하나네요.

"끼니때는 어김없이 돌아왔다. 지나간 모든 끼니는 닥쳐올 단 한 끼니 앞에서 무효였다. 먹은 끼니나 먹지 못한 끼니나, 지나간 끼니는 닥쳐올 끼니를 해결할 수 없었다. 끼니는 시간과도 같았다. (중략) 그해 겨울의 밥은 무참했다. 끼니는 계속 돌아왔고 나는 먹었다. 나는 말없이 먹었다."

　　김훈의 《칼의 노래》김훈 지음, 문학동네 출간에 나오는 문장이에요. 끼니는 밥이고 밥은 곧 끼니이죠. 내친 김에 그의 에세이 《밥벌이의 지겨움》김훈 지음, 생각의나무 출간에 나오는 '밥'도 인용해볼까요. 역시 김훈 문장의 백미는 '밥'이에요.

　　"밥에는 대책이 없다. 한두 끼를 먹어서 되는 일이 아니라 죽는 날까지 때가 되면 반드시 먹어야 한다. 이것이 밥이다. 이것이 진저리나는 밥이라는 것이다."

　　닥쳐온 허기를 당해낼 것은 아무것도 없지요. 배가 불러야 일도 하고, 책도 읽을 수 있죠. 끼니를 거르지 않아야 술도 맛나고 속도 쓰리지 않고요.
　　밥 한번 먹자는 약속은 참 덧없지요. 가장 중요한 걸 함께하자는 뜻인데 너무 남발하고 너무 쉽게 저버리니까요. 밥은 그리 대접받을 것이 아니에요. 밥으로 장난치면 안 되는 거죠.

—2017.06.27

비판과 균형

현실이 엉망인 이유를 대라고 하면 순식간에 무수한 의견을 쏟아내요. 반면에 이 세상을 조금이라도 좋은 방향으로 이끌어갈 아이디어를 내보라고 하면 주저하거나 망설이죠.

사람에 대해서도 마찬가지예요. 어떤 사람의 문제점을 말하라고 하면 드러난 단점은 물론 소싯적 실수, 심지어 조상까지 들먹이며 성토하기 바쁘죠. 정작 그의 장점을 말하라고 하면 머뭇거리거나 말을 멈추면서 말이죠. 대부분은 자신이 균형 잡힌 사고를 한다고 착각하죠. 자세히 들여다보면 배배 꼬였거나 부정적인 경우가 많아요.

비판은 중요해요. 그러나 비난과 구분되어야 하죠. 비판은 이성이지만 비난은 감정이에요. 비판은 대안을 제시하지만 비난은 화풀

이이거나 대상을 욕보이는 게 목적이에요.

비판도 힘들지만 균형을 유지하기는 더 힘들어요. 비판적 태도를 견지하는 것도 중요하지만 균형 잡힌 이성을 유지하는 것도 그 못지않게 중요하고요. 균형이 흐트러질 때 필요한 게 공부지요. 공부는 더 많이 알기 위해서가 아니라 자기점검과 균형감을 유지하기 위해 하는 거죠. 휴, 도서관조차 덥네요.

—2017.06.28

여름
지성

그러고 보면 땅이 제일 먼저 아프고 땅이 가장 많이 기뻐할 듯합니다. 가뭄으로 쩍쩍 갈라진 호수바닥을 보고 있노라면 불현듯 소름이 돋습니다. 얼마나 아플까, 얼마나 쓰라릴까. 단비를 기다리는 마음이야 사람이든 땅이든 매한가지일 테지만 제일 많이 아파했을 땅이 제일 기뻐하고, 가장 먼저 기쁨의 눈물을 흘리지 않을까 싶습니다.

혹독한 가뭄에 더해 무더위까지 기승을 부리고 있는 한낮의 길을 걷다보면 저절로 떠오르는 이야기가 있습니다. 신영복 선생님의 '여름 징역' 이야기입니다.

가난한 사람들에겐 여름보다 겨울나기가 더 힘들다지만 징역에서는 여름이 더 견디기 힘들다고 합니다. 좁디좁은 감방에서 칼잠을 자다 보면 동료가 내뿜는 열기 때문에 아무런 해코지를 하지 않은 동료, 그가 존재한다는 사실만으로도 증오와 적개심을 느끼게 된다면서 말입니다.

이런 얘긴 또 어떻습니까. 해마다 첫 추위가 닥칠 때쯤 딱 한 번 사람들의 관심을 받게 되는 사람들이 있습니다. 이른바 거리의 삶을 사는 사람들입니다. 혹독한 추위를 어떻게 견딜까 하고 관심을 가져주는 건데, 정작 그네들이 견디기 힘들어 하는 건 겨울 추위가 아니라 여름 더위라는 걸 아는 사람은 그다지 많지 않습니다.

열섬현상이라고 하지요. 내리쬐는 땡볕에 더해 콘크리트 건물들이 뿜어내는 에어컨의 뒷바람이 사람을 미치게 합니다. 그래서 여름엔 건물 안의 사람들과 건물 밖의 사람들이 느끼는 체감 온도가 20도 이상이나 된다고 합니다. 땡볕의 온도를 10여도나 낮춘 실내에 비해 그 낮춤의 반작용으로 발생하는 덧열까지 고스란히 맞닥뜨려야 하는 건물 밖의 사람들은 그야말로 찜통더위를 무방비상태로 버텨야 하는 겁니다.

추위든 더위든 이래저래 없는 사람들을 힘겹게 하긴 마찬가지입니다. 아침나절 불어오는 산들바람이 반가운 건 머지않은 시기에 비를 예감하기 때문이기도 하지만, 밤새 무더위와 사투를 벌였을 거리의 사람들이 비로소 한숨 돌릴 수 있기를 기대해서입니다.

우린 좀 더 견뎌야 하는 겁니다. 갈라지고 터진 삶의 터전에서 외

마디 비명도 없이 횡사한 물고기들의 처연한 주검들 앞에서 우리는 도리 없이 숙연해져야만 합니다. 우리가 우리 자신을 위해 억지로 끌어내린 온도만큼 더 올라간 무더위를 아무 말 없이 감내하고 있는 저 거리의 사람들에게 미안한 마음을 가져야 합니다.

—2017.06.29

슈트름 운트 드랑
(Strum und drang)

청년들의 좌절과 절망은 몹시 불편하고 슬프지요. 'N포 세대'라는 말이 표상하듯 청년의 위기는 시대의 현실이면서 또한 청년 자신의 위기이기도 하죠. 청년이란 안온한 환경에 안주하기보다 스스로 불안과 고통의 용광로에 뛰어드는 존재여야 하니까요. 그래서 청년을 일러 질풍노도슈트름 운트 드랑의 시기라고도 하잖아요. 척박한 현실 못지않게 도전을 잃어버린 청년도 문제라는 거죠. 적어도 자살과 엽기범죄행각 따위가 청년문화의 주축이어서는 안 되겠고요.

부러운 청춘도 있네요. 지적 허영과 현시욕인 줄 알면서도 결코 미워 보이지 않는 건 그것은 도리 없이 청춘의 특권이기도 해서인 거죠. 좀 알은 체도 하고 알려고도 하고, 때로 삐딱하게도 바라보고 시비도 걸어보는 것. 멋진 광경이죠. 줄리언 반스의 《예감은 틀리지 않는다》줄리언 반스 지음, 다산책방 출간에 인상적인 대화가 나오네요. 삶과 죽음을 고뇌하는 청년들의 치기와 열정을 확인케 하죠.

고등학생인 에이드리언과 세 명의 친구들은 그 또래가 으레 그렇듯 섹스, 관음증 같은 말초적 욕구에 관심을 보이는 한편, 더할 나위 없이 진지한 학문적 호기심과 지적 허기를 괴로워하죠. 종내 그들의 구호 혹은 벨탄샤웅weltanschauung, 세계관은 이렇게 표현되고 있죠.

"상상력의 첫 번째 의무는 위반하는 것이다."

역사시간에 오간 조 헌트 영감이라 불리는 교사와 학생들의 대화 한 토막을 감상해 볼까요.

조 헌트 : 언뜻 생각하기엔 단순한 질문으로 시작해볼 수 있지 않을까. 역사란 무엇인가, 라고 말이지. 뭐 생각나는 것 있나, 웹스터?

웹스터 : 역사는 승자들의 거짓말입니다.

조 헌트 : 그래, 안 그래도 자네가 그렇게 말할까봐 걱정을 좀 했는데, 그게 또한 패배자들의 자기기만이기도 하다는 것 기억하고 있나, 심슨?

콜린 : 역사는 생 양파 샌드위치입니다, 선생님.

조 헌트 : 어떤 이유로?

콜린 : 죽자고 반복하니까요, 선생님. 우리는 이제껏 역사가

트림하는 것을 보고 또 보았고, 올해에도 또 보고 있습

니다. 폭정과 폭동, 전쟁과 평화, 번영과 빈곤 사이를

오가는 천편일률적인 이야기와 천편일률적인 동요뿐

이죠.

조 헌트 : 그걸 샌드위치 속에 다 넣기엔 좀 많지 않은가 싶은데?

에이드리언 : 역사는 부정확한 기억이 불충분한 문서와 만나

는 지점에서 빚어지는 확신입니다.

조 헌트 : 그런가, 과연? 어디에서 읽었나?

에이드리언 : 라그랑주입니다, 파트리크 라그랑주. 프랑스인

입니다.

조 헌트 : 그런 추측을 할 수도 있겠지. 예를 들어 설명해줄 수

있겠나?

우리의 고등학교 혹은 대학에서라면 교사(교수)와 학생 사이에
이런 대화가 가능하기나 할까요? 어떤 교사가 학생들과 '역사란 무
엇인가?'를 주제로 이토록 진지하고 유쾌한 토론을 벌일까요. 그저
몇 가지 명제를 암기시킨 뒤 시험을 통해 암기여부를 확인하느라
급급할 뿐인걸요. 상상력을 마비시키는 죽은 교육에서 우리의 청
년들은 과연 무엇을 느끼고, 무엇을 고민하며, 무엇을 꿈꿀 수 있
을까요.

—2017.04.19

내가 바라는 다음 대통령

ㅡ 두 번째 /

정치, 못해도 괜찮다. 상식만 지켰으면 좋겠다.

경제, 몰라도 괜찮다. 걸림돌만 되지 않았으면 좋겠다.

안보, 몰라도 괜찮다. 악용하지만 않았으면 좋겠다.

문화, 융성 안 해도 괜찮다. 건드리지만 않았으면 좋겠다.

외교, 못해도 괜찮다. 망신 행보만 안 했으면 좋겠다.

일자리, 못 늘려도 괜찮다. 있는 것만 지켰으면 좋겠다.

기업, 지원 안 해도 괜찮다. '삥'만 뜯지 않았으면 좋겠다.

세금, 안 깎아줘도 괜찮다. 허튼 데 쓰지만 않았으면 좋겠다.

역사, 잘 몰라도 괜찮다. 획일화하지만 않았으면 좋겠다.

과학, 노벨상 못 받아도 괜찮다. 간섭하지만 않았으면 좋겠다.

인권, 신장 안 시켜도 괜찮다. 유린하지만 않았으면 좋겠다.

교육, 혁신 못해도 괜찮다. 차별 없이 밥만 먹여주면 좋겠다.

위안부, 해결 못해도 괜찮다. 굴욕 합의나 안 했으면 좋겠다.

시민사회, 이해 못해도 괜찮다. 이적단체로 보지만 않았으면 좋겠다.

노동, 관심 없어도 괜찮다. 불법해고나 안 했으면 좋겠다.

농민, 먹여 살리지 않아도 괜찮다. 죽이지만 않았으면 좋겠다.

공직기강, 바로잡지 못해도 괜찮다. 들쑤시지만 않았으면 좋겠다.

친인척 관리, 느슨해도 괜찮다. 설치지만 않게 하면 좋겠다.

측근비리, 근절까진 바라지도 않는다. 전횡과 횡포만 막았으면 좋겠다.

인사, 공평하지 않아도 괜찮다. 비리백화점만 아니라면 좋겠다.

언변, 유려하지 않아도 괜찮다. 알아듣게만 말했으면 좋겠다.

결론.

훌륭한 대통령은 못 돼도 괜찮다. 다만 사람이었으면 좋겠다. 정말, 사람이기만 했으면 좋겠다.

작년 10월 박근혜와 최순실의 국정농단 사태가 터졌을 당시에 썼던 글이에요. 가볍게 쓴 글인데 뜻밖에도 많은 분들이 호응해 주셨지요. 언론에선 지면으로 퍼 날랐고, 페이스북에선 수백수천의 공유와 댓글, 좋아요로 호응했죠.

이제 좀 더 냉정하고도 이성적으로 판단해야 할 때가 아닐까 싶어요. 그런 의미에서 "내가 바라는 다음 대통령 - 두 번째"를 생각해 봤어요.

첫째, 국가운영의 시스템에 관해 명확한 입장을 가진 대통령이면 좋겠어요. 작금의 문제가 헌법의 문제인지, 사람의 문제인지 갑론을박이 있는데요. 저는 둘 다 문제라고 봐요. 그러니 개헌도 필요하고 사람 물갈이도 필요한 거죠.

둘째, 경제구조의 모순을 보다 혁신적으로 다룰 수 있는 대통령이면 좋겠어요. 아울러 노동의제를 우선순위에 놓았으면 좋겠고요. '기업하기 좋은 나라'도 좋지만 그보다 먼저 '노동하기 좋은 나라'가 되어야 한다는 소신을 가진 대통령이면 좋겠어요.

셋째, 안보와 외교를 전향적으로 다룰 대통령이면 좋겠어요. 더이상 안보문제를 정권의 이해관계로 인식하지 말았으면 좋겠어요. 아울러 외교의 기본방향을 국가와 국민의 생명과 안전, 재산을 지키는 쪽으로 정했으면 좋겠어요. 물론 쉽지 않은 일인 줄 알지만요.

넷째, 문화와 예술을 사랑하고 이해하는 대통령이면 좋겠어요. 문화와 예술은 지원이나 배제의 대상이 아니라 스스로 의미를 만들어내는 자유로운 창조의 영역임을 깊이 인식했으면 좋겠어요. 그러니 문화예술인을 줄 세우지도 말고, 배척하지도 말았으면 좋겠어요.

다섯째, 국민과 소통하는 대통령이면 좋겠어요. 불통이 낳은 폐해에 대해선 더 이상 말할 필요도 없죠. 소통은 의지의 문제이지 방식의 문제는 아니에요. 권위의식을 내려놓는 순간 소통은 시작되니까요. 부디 구중심처에 스스로 유폐하지 말고 국민 곁에 있는 대통령이면 좋겠어요.

—2017.03.11

키
케
로
처
럼

　노무현정부 대변인 윤태영의 《대통령의 말하기》윤태영 지음, 위즈덤
하우스 출간가 꽤 팔린다고 하네요. 《대통령의 글쓰기》강원국 지음, 메디
치미디어 출간까지 다시 주목받고 있다고 하고요. 이유가 있을 텐데
요. 물론 책이 좋은 것이겠지만 한편, '박근혜 효과'를 보고 있는 게
아닌가 싶기도 해요.

　고 노무현 전 대통령의 말과 글을 생각하면 박근혜의 그것이 얼
마나 저질이고 심지어 악질인지를 단박에 알 수 있죠. 비선실세 최
선생의 컨펌 없이는 연설도 할 수 없었거니와 분명 모국어인데도
여간해선 해독하기 힘든 언변. 점입가경이지요. 정직하고 소탈하
며 때로 치열하고 격정적이었던 고 노무현 전 대통령의 말과 글을
다룬 책에 관심이 가는 건 어쩜 당연해 보이는 거죠.

재임시절 고 노무현 전 대통령의 글과 말이 그리 좋은 평가를 받은 건 아니었어요. 지나치게 긴 글을 자주 쓴다고 해서 구설수에 오르기도 했고, 말실수가 잦아서 비아냥거림을 사기도 했죠. 당시 도올 김용옥은 노 전 대통령의 말을 두고 '오럴 해저드'라고 직격하기도 했었죠. 근래 도올을 보노라면, 격세지감이지요.

정치인의 말과 글은 기본적인 정치행위이자 강력한 무기이죠. 정치를 전쟁에 비유한다면 정치인의 말과 글은 곧 자신을 보호하고 상대를 공격하는 방패이자 창이기도 하겠고요. 특히 선거국면에서 말과 글은 유권자의 표를 끌어 모으는 절대적인 수단이고요.

정치인의 말과 글에 관한 한 나름 준거로 삼는 문장이 있어요. 로버트 해리스Robert Harris 역사소설 3부작 중 2권에 해당하는《임페리움》로버트 해리스 지음, 랜덤하우스코리아 출간에 로마 정치가 키케로의 웅변가적 기질을 설명하는 대목이 나오는데요. 그게 저의 준거문장이에요. 여러분도 한번쯤 음미해 보시지요.

"밤새 뜬눈으로 다음 날의 연설문을 준비해본 적이 없다면 결코 정치를 안다고 자신하지 말라. 세상이 모두 잠들어 있을 때 웅변가 키케로는 램프 불빛 옆을 오가며 도대체 어떤 연유로 이 지경까지 오게 되었는지부터 꼼꼼히 챙기기 시작한다. 수많은 논점들이 떠오르고 또 파기된다.

마음이 지친 탓에 이 대사업의 목적에 대해서도 일관된 맥을 잡을 수가 없다. 그로 인하여, 꾀병을 부리고 집에 숨어버리는 것이 가장 현실적이고 유일한 대안으로 보이고, 정말로 한두 시간은 그 문제로 골몰하기도 한다.

그리고 막 두려움과 굴욕이 손짓을 해보일 때쯤 파편들이 하나의 흐름으로 모이기 시작하고 드디어 연설이 탄생한다. 2급 웅변가는 이제 하늘에 감사하며 침대로 향하겠지만 키케로 같은 사람은 뜬 눈으로 그 연설을 모두를 암기하고 만다."

— 로버트 해리스, 《임페리움》 중에서

새겨두고 싶은 말이 더 있어요. 이 또한 키케로의 호전성과 진취성을 드러내는 말인데요. 어떤 어려움에 봉착했을 때 좌고우면하느라 실기하는 경우가 왕왕 있잖아요. 그럴 때마다 꺼내드는 일종의 사명과도 같은 문장이에요. 한때 제 별명이 '쌈닭'이었던 이유이기도 하고요.

"때로는 정치적 위기에 처할 경우 싸우는 것도 하나의 방법이지. 아무리 승리가 불확실하더라도 일단 싸우고 보는 거야. 왜냐하면 싸우는 동안에는 모든 것이 유동적이고, 그 와중에 돌파구를 찾아낼 수도 있거든."같은 책, 67쪽

바야흐로 정치의 계절이네요. 정치인의 무수한 말과 글이 공중을 유영하며 뭇대중을, 혹은 유혹하고, 혹은 달뜨게 하죠. 얼핏 이런 생각을 해봤어요. '어리석은 정치인은 자기가 옳다고 믿는 말만 하

지만 이기는 정치인은 국민이 원하는 말을 한다.' 어떤 책에 나오는 문장이냐고요? 그냥 제가 지어낸 말이에요.

—2017.01.19

하종강 선생의 글을 읽고

직접 뵌 적은 없어도 존경하게 되는 분이 있어요. 존경이란 좋아하는 것과는 다르지요. 한두 번 맘에 드는 글을 썼다고 해서 존경하지는 않는 거죠. 누군가를 존경한다는 것은 실로 어마어마한 일이에요. 그의 삶과 철학, 활동까지 찬찬히 들여다 본 뒤 비로소 깃드는 어떤 경이와 자극의 결과가 곧 존경이니까요.

평소 하종강 선생을 존경해 왔어요. 그의 노동철학을 존경하며, 그의 노동교육을 지지하며, 그의 차분하고도 분명한 글을 좋아해 왔죠. 그럼에도 불구하고 오늘 선생의 페이스북 담벼락 글(아래 글)은 많이 아쉽네요. 순전히 내 아쉬움을 달래기 위해 감히 선생께 의견을 드리려고 해요. 참고로, 이 글을 쓰기 전에 선생과 이 모 씨가 청와대 앞 농성장 기사를 두고 페이스북에서 주고받은 글을 유심히 읽었음을 밝히고요.

아래 선생의 글은 대체로 수긍할 만해요. 특히 노동교육과 관련한 선생의 고뇌는 평소 저의 고민이기도 하고요. 다만 "선생의 글에 부정적 의견의 댓글을 쓴 사람들에 대한" 인상평가 부분이 저를 답답하게 하네요. 많이 아쉬워요. 평소의 선생답지 않은 표현이에요. 얼핏 감정이 실린 듯도 하고요. 인용하면서 짚어보려고요.

"느껴지는 공통점들 중 하나는, 평소 사회적 약자에 대해 관심을 가진 내용을 찾아보기 어렵다는 것입니다. 여기저기 세상의 좋은 곳에 가 봤다거나, 이런 저런 좋은 사람들을 만났다거나, 우리 가족은 이렇게 행복하게 살고 있다거나……. 등의 아름다운 이야기들이 대부분입니다.

세상을 아름답게 보고 싶은 사람들에게는 오랜만에 개방된 청와대 앞길에서 농성하는 노동자들의 모습이 고와 보일 리가 없는 게 당연하지 싶습니다. (그동안 사회적 약자들의 문제에 대해 관심이 없었거나 글을 쓰지 않았던 사람들은 노동문제에 대해 왈가왈부할 자격이 없다는 뜻은 아닙니다.)"

위의 인용부분은 세 가지 점에서 문제가 있다. 첫째, 그들의 담벼락을 얼마나 열심히 봤을지 의문이에요. 둘째, 페이스북 글만으로 그들의 성향과 약자에 대한 태도를 단정하는 건 섣부른 감이 있어요. 셋째, 위의 두 가지 이유가 논쟁의 빌미를 제공하고 말았어요. 그래서 더욱 아쉽고요.

페이스북에선 때로 어이없는 논쟁이 이어지곤 해요. 상식적인 사람들이 대단히 비상식적인 언사를 늘어놓으며 상대를 윽박지르거나 막말을 쏟아내기도 하죠. 그 언사의 종착지가 '~빠'이거나 '적폐'예요. 창졸간에 '~빠'가 되고 '적폐'가 될 수 있는 거죠. 존경해마지 않는 하종강 선생마저 그 수렁으로 빠져들까 염려되어 어쭙잖으나마 의견을 내봤네요.

—2017.07.02

사람다움

저는 반민주·반인권에 맞서 싸우는 분들을 제 편이라 생각해요. 저는 민주주의를 지키기 위해 헌신하는 분들을 존경했어요. 저는 무엇보다 남을 배려할 줄 아는 분들에게서 사람의 향기를 느끼곤 했어요.

저는 가진 자들의 횡포를 증오해요. 저는 권력가들의 가증스런 거짓말과 폭력적 행태를 경멸해요. 저는 무엇보다 가진 자들의 가식과 천민의식, 남을 배려할 줄 모르는 오만함을 혐오합니다.

그런데 이따금 거리에 나서거나 이곳 페이스북에서 절망을 느낄 때가 있어요. 평소 제가 좋아했고 사랑했고 존경했던 분들에게서 이상한 점을 발견하기 때문이에요.

민주주의자인 줄 알았던 분이 자신과 생각이 다르다는 이유로 다짜고짜 상대를 싸잡아 비난해요. 인권의식이 투철해 보이던 분이 타인에 대한 혐오의 감정을 싸지르고요. 합리적 사고를 하는 분인 줄 알았는데 자신과 정세인식이 다르다는 이유로 게거품을 물고 상대를 헐뜯고요. 희생하고 고생한 사람을 하루아침에 끌어내려 난도질하고 내치기도 해요. 정말이지 소름끼치도록 절망스런 모습들이에요.

이도저도 아닌 저는 별로 할 말이 없어요. 다만 한 가지는 알겠어요. 그들, 말과 행동이 다른, 그 사람들이 주류가 되거나 권력을 잡은들 달라질 건 아무것도 없을 거라는 사실. 그것만은 분명히 알 것 같아요.

사람은 보수와 진보로 갈리지 않아요. 다만 사람과 짐승으로 나뉠 뿐이에요. 남을 배려하는 사람과 저만 아는 짐승으로 갈리고, 남의 고통을 이해하는 사람과 저만 힘들다고 아우성치는 짐승으로 나뉘지요. 다른 사람의 말에 귀 기울이는 사람과 오직 자신의 방식만 옳다고 믿는 짐승이 있을 뿐이고요.

나는 무엇인가, 나는 그중 어디에 속하는가? 성찰해야지요. 성찰 없는 없는 실천은 위험하니까요. 실천 없는 사색은 비겁이자 도피이겠고요. 사색과 실천의 본질은 사람다움에 대한 성찰이에요. 오래된 말인 줄 알면서 새삼 되뇌어 보내요.

—2017.04.22

선거는 민주적인가?

"(미국의) 과두지배체제는 독일과의 전쟁을 원했다. 그들이 전쟁을 원하는 이유는 열두 가지쯤 되었다. 그러한 전쟁으로 발생하는 사건들을 조작하는 과정에서, 국제적인 카드를 다시 섞어 새로운 조약과 동맹을 맺는 과정에서, 과두지배체제는 얻을 게 많았다."

잭 런던Jack London의 소설 《강철군화》잭 런던 지음, 궁리 출간에 나오는 얘기예요. 미국의 과두지배체제가 그들의 권력을 유지 확장하기 위해 어떤 짓거리를 해왔는지를 보여주는 대목이죠. 그러한 과두체제를 공고히 해주는 제도가 선거제도인 거죠.

버나드 마넹Bernard Manin의《선거는 민주적인가》버나드 마넹 지음, 후마니타스 출간는 현대의 선거제도가 갖는 한계와 모순을 지적하고 있는데요. 조기대선국면을 맞아 예전에 썼던 글을 다시 올려보네요.

마넹은 "현대의 대의민주주의는 '민주정'과 '과두정귀족정'이라는 두 마리의 속성이 동시에 담겨 있다"고 전제한 뒤 "보통선거의 원칙을 고수한다는 점에서 민주적인 요소를 가진 것으로 볼 수 있지만, 언제나 선거권자보다 우월한 위치나 신분을 가지고 있는 엘리트들만이 선거에 나서게 된다는 점에서 과두정의 요소 또한 내포한 것"이라고 지적하죠.

얼핏, 민주적으로 보이는 선거가 실은 소수 엘리트만의 잔치가 되는 경우는 허다한데 이를 극복하기 위해 과거고대 그리스처럼 "추첨에 의한 대의제가 실시돼 귀족정의 폐해를 차단"하는 것은 어떨지 묻는 거죠. "누구나 일정 자격만 갖추고 있으면 언제든지 추첨에 의해 책임과 권한이 주어지는 공직에 진출할 수 있고, 또한 때가 되면 자리를 물려주어야 함은 물론 평가를 받기 때문에 책임행정을 구현하게 된다는 것"이며 이는 "사법부의 배심원제도를 통해 명맥을 잇고 있"기도 하죠.

프랑스의 실천적 지성 피에르 부르디외Pierre Bourdieu의 선거분석 또한 새겨볼 만해요. 부르디외는 문화분석의 사례를 정치적 영역에 적용해, 프랑스 사람들이 자신의 계급적 기반과 어긋나는 행동을 하는 것, 예컨대 노동자들이 보수정당에 표를 던지는 경우에 대해 다음과 같은 분석을 내놓았죠. 홍성민의《피에르 부르디외와 한국 사회》홍성민 지음, 살림 출간에 나오는 얘기고요.

　"부르디외는 노동자나 민중계급이 자신의 가치관과 세계관
을 해석하고 표현할 수 있는 언어를 소유하고 있지 못하기 때
문에, 실제로 그들의 정치적 투표권의 행사가 왜곡되고 있다고
본다."

—2017.03.26

악취 진동하는 세상

"이번 전투만 끝나면 그대에게 가리다. 씻지 말고 기다리시오."

전장의 나폴레옹이 아내 조세핀에게 보낸 편지의 내용이에요. 조세핀은 독특한 체취로 나폴레옹의 마음을 사로잡았지요. 오죽했으면 전장에서도 그 체취를 그리워했을까요.

사람들은 체취 때문에 어떤 사람을 좋아하기도 하고 또 싫어하기도 해요. 사람의 몸에는 피지선이 있는데, 피지선은 특히 털이 많이 난 곳에 모여 있지요. 피지선은 땀을 흘릴 때 기름성 액체를 분비하며, 이 액체는 12가지나 되는 스테로이드 계통의 냄새 물질로 이루어졌는데 그 중 안드로스테논이 가장 많아요. 바로 이 안드로스테논이 사람에게 특이한 생리 현상을 유인하곤 하죠. 이 분자는 인간의 애착 심리와 관련이 있다는 설이 있지요. 아기들이 엄마 젖을 빨면서 편안해하는 것은 엄마의 사랑을 본능적으로 감지하기도 하겠지만, 엄마의 젖 주변에서 분비되는 안드로스테논 때문이기도 한 거죠.

몸에서 냄새를 뿜지 않는 사람이 있다면? 그건 사람이 아니라 괴물이겠죠. 거기서 출발하는 소설이 파트리크 쥐스킨트의 《향수》_{파트리크 쥐스킨트 지음, 열린책들 출간}지요. 소설 속 그루누이는 인간이 상상할 수 있는 악취 중에서 최악의 악취를 풍기는 생선내장 썩는 구정물통에 버려졌다가 살아나죠. 그 뒤 그의 몸에선 냄새가 나지 않게 됐고요. 대신 그루누이는 이 세상의 모든 냄새를 구분하고 배합하고 기억하는 신묘한 재주를 갖게 되죠. 훗날 향수제조공이 된 그는 사람을 죽이고 그 주검의 표피에서 냄새를 뽑아내지요.

한수영은 소설 《공허의 1/4》_{한수영 지음, 민음사 출간}에서 락스와 락스 냄새를 오브제로 사용해요. 류머티스 관절염을 앓는 주인공의 심리와 락스냄새가 절묘한 조화를 이루는 거죠. 이 놈의 세상은 락스로 죄다 문대버리거나 콱 마셔버리고 싶은 것이죠. 안드로스테논이 사랑의 묘약이라면 락스냄새는 인간의 고통에 호응하네요.

시인 정희성은 〈불망기不忘記〉에서 시대의 아픔과 친구의 죽음을 포르말린 냄새로 회억回憶하죠. '나는 안다 우리들 잠 속의 포르마린 냄새를……' 영화감독 봉준호는 포르말린 냄새에 한 발짝 더 다가가죠. 주한미군이 한강에 방류한 것은 37%짜리 포르말린수가 아닌 독극물 포름알데히드였다는 소름끼치는 가정에서 영화 〈괴물〉이 탄생하니까요. 때로 냄새는 사랑의 묘약이면서 고통의 동반자이며 강한 독성으로 괴물을 탄생시키기도 하죠.

제16회 한겨레문학상을 수상한 장강명의 소설 《표백》장강명 지음, 한 겨레출판 출간에는 포르말린과 락스, 포름알데히드로 완전히 표백시켜 버린 현실이 나오지요. 그 표백된 세상을 살아내야 하는 청춘들, 즉 표백세대는 더 이상 할 일이 없어요. 냄새 없는 세상, 얼룩이 없는 현실에서 그들이 선택한 청춘의 길은 결국 집단기획자살이고요. 장 강명표 괴물의 탄생이네요.

현실은 소설 《표백》을 비웃네요. 현실에선 여전히 씻어내지 못 한 악취가 진동하네요. 이번에는 언론과 검찰 발 악취예요. 전 삼 성 미래전략실 차장 장충기에게 언론인들과 검찰총장이 보낸 편지 가 참기 힘든 악취를 뿜어내요. 검찰총장이라는 자는 여식과 사위 를 인도로 보내달라는 청탁을 하네요. 모 언론인은 사외이사 자리 를 부탁하고, 자식의 임용청탁을 하고, 광고비 좀 올려달라고 읍소 해요. 괴물은 도처에 있어요. 그 모두가 체취사냥꾼 그루누이의 표 적이죠.

—2017.08.09

역
사
의
법
칙

80년대의 청년들에겐 사회적 발언권이 있었습니다. 저절로 주어진 건 아닙니다. 깨지고 부서지면서 꿋꿋하게 싸워서 얻은 발언권입니다. 소수의 희생이 다수의 사회진출과 발언권의 확장을 이끌었습니다. 대학은 함부로 등록금을 올리지 못했고, 정부 역시 학생들의 눈치를 살펴야 했으며, 시민들의 호응을 받았습니다.

외부적인 요인이 크게 작용한 탓이었지만 80년대와 90년대 초까지만해도 청년들의 취업이 지금처럼 어렵지 않았습니다. 기업은 끊임없이 사람을 필요로 했고, 청년들의 기개를 존중해주었습니다. 소위 운동권 출신을 선호하는 대기업이 있었을 정도였습니다. 희생했던 소수는 정치적 비전을 세워나갔고, 안정적으로 사회에 진출한 다수는 새로운 정권을 창출하는데 이바지했습니다.

90년대에 들어 개인주의와 허무주의가 팽배해지면서 청년들의 사회적 발언권이 급격히 줄어들었습니다. 엎친 데 덮친 격으로 IMF 외환위기를 맞으면서 저마다 각자의 살 길을 찾아서 뿔뿔이 흩어졌습니다. 청년들은 사회적 발언 대신 토익·토플 점수와 공무원 시험 준비에 매달렸고, 세상을 변화시키겠다는 기개와 열정을 상실했습니다.

그렇게 된 데는 기성세대의 탓이 큽니다. 청년들은 어려서 목격한 부모세대의 좌절과 고난을 외면할 수 없었고, 답습해선 안 된다고 생각했습니다. 도전보다 안정적인 삶을 추구했고, 패기와 열정 대신 소시민의 삶을 선택했습니다.

무기력하게 맞이한 새 천년, 2000년대 초 청년들의 현실은 더욱 처참했습니다. 치솟는 대학등록금을 어찌하지 못했고, 취업난 속에 청년실업이 급등했으며 겨우 취업한다 해도 비정규직이 태반이었습니다. 와중에 88만원세대니, 삼포세대니, N포세대니 하는 말이 돌게 되었습니다.

2016년 촛불정국의 한복판에 청년들이 있었습니다. 대학당국의 어처구니없는 처사를 참지 못한 이대학생들이 농성에 들어갔고 여러 대학에서 동조 휴업을 결행했습니다. 학생들의 분노와 절규가 마침내 시민의 마음을 움직였습니다. 언론도 한몫했고, 정치권도 뒤늦게 숟가락을 얹었습니다. 그리고 마침내 적폐청산을 외치던 적폐의 원흉을 끌어내렸습니다.

누가 먼저였고 누구 공이 더 크냐는 논쟁은 무의미합니다. 중요한 건 그 역사의 광장 한복판에 청년들이 있었다는 사실이고, 그것이 바로 희망의 증거입니다.

역사는 우연이 아니라 필연입니다. 역사의 법칙은 단순한 듯 하면서도 올곧습니다. 청년은 곧 당대의 주역입니다. 공부해야 할 때 치열하게 공부해야 합니다. 그러나 분노해야 할 때는 분노해야 합니다. 분노하지 않는 청년은 청년이 아닙니다.

—2017.04.05

개
돼
지
와

레
밍
들
의

사
는

모
습

　물난리를 뒤로 하고 유유히 외유에 나선 충북도의원들을 보면서
떠오르는 일이 있네요. 예전 자활에서 강의하던 때의 일이에요.

　과정을 마무리할 무렵 조촐하게 졸업여행을 가기로 했었죠. 수강
생 대부분 형편이 어려운 데다 지역자활 역시 예산이 넉넉지 않아
서 거창한 여행은 엄두도 못 내고 있었죠. 실무자나 저는 고민만 거
듭했고요. 결국 현실에 맞춰 숙박은 포기하고 근교의 계곡에서 밥
이나 한 끼 먹고 오기로 했죠. 그런데 그조차도 뜻밖의 일로 취소하
고 말았어요.

　하필이면 그 시기에 물난리가 났던 거예요. 이미 잡힌 일정이니
진행하자는 일부 의견이 있었지만 수강생 대부분은 반대하고 나서
더군요. 그 이유가 이런 거였어요.

"한쪽에선 물난리 때문에 고통스러워하는데 도와주지는 못할망정 놀러나 간다는 건 사람의 도리가 아니에요. 이웃의 불행을 외면하면 안 되죠. 그래야 사람이고, 그게 우리가 공부하는 인문학이잖아요."

당시 자활인문학에 참여한 분들은 대개 간병인이나 청소용역 등을 하면서 월 7, 80만 원 정도를 버는 분들이었어요. 그 돈으로 두세 명의 자녀를 키우고 있었고요. 중고등학교에 다니는 자녀들 학원 한 번 못 보내고, 자신을 위해서는 단돈 만 원 쓰는 걸 벌벌 떠는 분들이었지요. 그런 분들이 큰맘 먹고 일 년 내내 인문학 강좌에 참여해 공부했고, 수료를 앞두고 더 큰 맘 먹고 생애 처음 졸업여행이라는 걸 가기로 했던 거죠.

외유에 나선 어떤 도의원은 자신을 비판하는 국민을 레밍들 같다고 말했다지요. 일전에 교육부 고위 공무원이 했던 개돼지보다 한 술 더 떴네요. 졸지에 포유류에서 설치류로 격하되었으니까요. 그런데요. 그들이 보기에 레밍이고 개돼지인 가난한 사람들은요. 점심시간에 술 마시며 기자와 대화할 일도 없고, 세금 500만 원씩 지원받아서 외국여행 갈 엄두도 내지 않아요. 가기로 했던 소박한 여행조차 고통 받는 이웃들 생각하며 포기할 정도고요.

그저 묵묵히 일하며 살 뿐이에요. 힘겹지만 인문학 공부도 하면서요. 제발 함부로 들었다 놨다 하지 마세요. 비록 힘들어도 최소한 우리가 사람이라는 걸 잊지 않기 위해 노력하고 있거든요. 진짜로

레밍이나 개돼지가 되지 않으려고요. 사람으로 산다는 것이 무엇인지 잊지 않으려 발버둥치고 있거든요.

—2017.07.21

노동, 문재인 정부의 역할

　잘한다 싶으면서도 어째 좀 불안하다는 느낌을 떨치기 어렵네요. 문재인정부 말이에요. 그 불안의 정체가 뭘까 곱씹어 보니 역시 노동이에요. 장관 인선부터 미심쩍더니 아니나 다를까 출범 두 달이 넘도록 노동 관련 아젠다는 눈을 씻고 찾아봐도 없어요. 기다려달라는 말만 할 땐 아니죠. 노동현장의 고통은 폭발 직전인 걸요. 급기야 민주노총이 파업에 나서자 노조가 적폐라는 말까지 등장하더군요. 그건 아니죠. 자유한국당은 협치의 대상이고 노동은 적폐로 몰아세울 요량이면 정권은 대체 뭘 하려고, 누굴 위해 잡은 건지요. 더 기다려보라고요? 보채지 말고 참으라고요? 그럴게요. 대신 노동에 관한 원칙부터 정리해 보고서요.

노동문제의 근본은 노동자와 사용자 간의 갈등이나 대결이 아니에요. 그보다 더 심각한 구조적 문제는 노동에 대해 시종 비타협적인 자세를 견지하는 자본과 친자본적으로 작동되는 국가시스템, 그의 조용한 공범인 시민사회, 아울러 배타성을 키워 온 조직노동 내부의 반목과 그로부터 야기된 노동 양극화라 할 수 있어요.

얼핏 국가의 역할은 제한적으로 보이긴 해요. 그러나 근본은 역시 친자본적으로 작동되는 국가시스템이에요. 그러다 보니 노동은 온전히 노동의 문제가 아니라 여타의 문제들, 즉 인권, 빈곤, 복지문제 등과 뒤엉켜버리기 일쑤지요. 그래서요. 노동문제 해결의 실마리는 노동문제를 온전히 노동문제로 이해하고 인식하는 것이에요. 국민 대다수가 노동자인 현실에서 노동이 단지 약자의 문제이거나 소수자의 문제로 비춰지는 건 난센스에 가깝죠.

노동은 자본과 함께 자본주의의 양대 축을 형성하고 있지요. 그러니 기업하기 좋은 나라이기 위해서는 노동하기 좋은 나라가 선행돼야 하는 거고요. 노동은 이해에 관한 문제이지 결코 사회적 소수자나 약자의 문제일 수 없는 거죠. 또한 노동은 가치의 문제이면서 동시에 철저한 이해의 문제이기도 해요.

그런데도 국민 대다수는 노동문제를 우리의 문제가 아닌 그들의 문제로만 바라보고 있어요. 실은 그게 핵심이죠. 도심의 소규모 자영업자들이나 행인들은 시위하는 노동자를 철저하게 외면하죠. 저들 때문에 장사가 안 되고, 저들 때문에 자신이 고통 받는다고 생각하는 거예요. 실은 그들 역시 노동자이지만 그걸 인식하지 못하는 거죠. 거리의 노동구호가 곧 자신의 이익에 복무하는 구호라 인식한다면 외면하거나 적대시하지 않을 텐데 말이죠.

노동문제는 어지간해선 사회의 관심을 받지 못해요. 자기 문제라는 걸 인식하지 못하기 때문이죠. 누군가 크레인 위에 오르고, 분(투)신을 하고, 최소한 몇 년 이상 장기투쟁을 해야만 비로소 사회적 관심권으로 들어오게 되죠. 그렇게 절박하고 절실한 상황에 놓여야만 비로소 언론을 타고 사람들의 눈에 들어오니, 그건 응당 인권과 복지, 약자의 프레임에 걸려들게 되는 거죠. 장기투쟁 사업장이 대표적인 예인 거죠.

87년 체제 이후 소위 시민운동이 노동운동을 대체하면서 노동의 탈중심화가 지속적으로 이루어졌어요. 이후의 노동운동은 노동운동의 동력과 권리를 약화시키고, 박탈해 온 역사라 할 수 있겠고요. 결과적으로 노동은 사회적 관심의 중심권에서 멀어져 갔죠.

이제라도 노동 중심성을 확보해야 하고, 그를 위해서 노동의 의미를 재구성해야지요. 사파기금을 이끌고 있는 권영숙 박사가 정리한 바에 의하면 노동은 일job과 계급class, 운동정치, 체제regime, 사회적 관계social relation의 4가지 층위로 이해되어야 해요.

그중 주목할 것은 노동 내부와 노동 외부의 관계 맺기예요. 한진중공업과 쌍용차, 삼성전자 서비스, 콜트콜텍의 문제를 통해 확인한 것은 개별 사업장의 승리 혹은 패배의 경험이 아니라 노동 내부와 외부의 관계 맺기의 과정과 결과라고 봐야 하는 거죠. 문재인정부에 바라기는 그 관계의 한 축인데요. 현재로선 불안하고 미심쩍기만 하네요. 제가 너무 순진한 걸까요? 솔직히 저는 아직도 기대하고 있거든요. 적어도 노동만큼은 김대중-노무현정권의 연장이나 답습이 아니라 완전히 새로운 정부이길 바라면서요.

—2017.07.23

비이성적인 사람의 힘

모 공무원교육원 강의 중에 여러 책을 추천하는 와중에《이완용 평전》김윤희 지음, 한겨레출판 출간도 추천했어요. 그리고 원장실에 불려가 수강생의 항의가 접수됐으니 주의하라는 말을 들었죠. 강의 내용은 앞뒤 싹둑 자른 뒤 책제목만 기억한 수강생이 불만을 표했던 것이었지요. 어이없었지만 딱히 대응하진 않았어요. 아쉬운 건 강의의 맥락에 대한 몰이해였어요.

"세상의 모든 진보는 비이성적인 사람의 손에 달려 있다. 이성적인 사람은 세상에 자신을 맞추지만 비이성적인 사람은 자기에게 세상을 맞춘다."

극작가 버나드 쇼George Bernard Shaw의 위의 말을 인용하면서《이완용 평전》을 언급했었죠. 이완용 앞에 붙은 '매국노'만 되뇌지 말고 그의 삶의 궤적을 살펴보면서 왜 매국노가 되었는지를 사유하라는 취지였고요. 내 판단에 이완용은 지극히 이성적인 사람이었어요. 시쳇말로, 너무 똑똑한 게 문제였고요. 대한제국 중신 중 유일하게 영어를 구사했고, 국제정세에 밝았어요. 덕분에 대세가 일본 쪽으로 기울고 있다는 걸 알았고, 그 대세에 따랐던 거죠. 결과적으로 나라 팔아먹은, 매국노가 되고 말았고요.

버나드 쇼의 말마따나 이성적인 사람은 현실에 자신을 맞추죠. 이성적인 사람은 공부를 잘하면 칭찬받고 출세하고 평균 이상의 삶을 산다는 걸 잘 알아요. 그래서 열심히 공부해 현실에 안주하려 발버둥 치죠. 대세를 거역하기보다 대세에 따르는 삶을 산다. 이완용의 삶이죠.

비이성적인 사람은 현실에 안주하기를 거부하죠. 되레 현실을 바꾸려 노력하고요. 일본이 대세지만 언젠가 그들을 몰아낼 수 있을 거라는 불가능한 꿈에 자신의 몸을 던지는 거죠. 독립운동가의 삶이에요.

세상이 혼탁한 건 대부분 이성적인 삶을 추구할 뿐 불가능한 리얼리스트의 꿈을 꾸지 않기 때문이에요. 세상을 바꿀 레인메이커의 출현을 기대해 보네요. 세상의 모든 진보는 비이성적인 사람의 손에 달려 있어요.

—2017.08.03

바캉스 문화

"휴가 같지 않은 휴가를 보내고 청와대로 돌아온 문재인 대통령은 연일 이어지는 폭염과 열대야로 인해 국민의 생명과 일상생활이 심각하게 위협받고 있다고 판단, 내일부터 약 보름 동안 국민건강 유지를 위해 폭서기 집중휴무기간을 운영하기로 했다. 관공서와 기업에 일제 휴무기간을 준수할 것을 요청하는 한편, 더위에 취약한 주거환경에 방치된 서민층, 특히 독거노인과 노숙인 등을 위한 특별조치로 피서비용을 제공하기로 하는 등 만전을 기하기로 했다."

요즘 도처에서 심심찮게 창궐한다는 가짜뉴스를 작성해봤어요. 적폐청산도 중하고, 북핵도 중하고, 부동산 대책도 중하지만 온 국민이 쩌죽게 생겼는데 그게 다 무슨 소용이겠어요. 시쳇말로 숨쉬기도 힘들 만큼 덥고 덥고 또 덥네요. 그런데도 폭염에 대한 정부의 반응이나 대책은 눈을 씻고 찾아봐도 없어요. 초보정부라지만 너무 하네요. 전기사용량 증가한다고 한숨만 쉴 게 아니라 전기보다 더 강력한 폭염대책이 요구되는 데도 말이죠.

　얼마 전까지만 해도 프랑스의 바캉스 문화는 가진 자들이 부리는 여유쯤으로 여겨졌고, 부러움의 대상일 뿐이었어요. 그러나 유례없는 폭염과 열대야를 겪다 보니 그게 단지 부러워 할 것만 아니라 대단히 현실적이며 실용적인 문화일 수 있다는 생각이 들어요. 우리도 이참에 우리 현실에 맞는 바캉스 문화를 만들 일이에요. 집중 폭염이 어제오늘의 일이 아닌데다 해를 거듭할수록 심해질 것이니 말이죠.

　이런 폭염기에 일을 하면 얼마나 할 것이며, 능률은 또 얼마나 오를까요. 더구나 폭염기 업무를 위해 가동해야 하는 냉방기 등으로 인한 전력소모는 또 얼마나 엄청날지요. 비효율의 극치인 거죠. 잠시 업무를 접고 산으로, 들로, 바다로 나가는 것은 에너지소비도 줄이면서 재충전의 기회도 갖는 일석이조의 효과를 낼 텐데요.

　'프랑스적인 집착'으로도 불리는 바캉스 문화에 대한 전반적인 재평가가 이루어질 때가 아닐까 싶네요. "가능한 한 빨리 세계에서 가장 아름다운 도시로부터 벗어나려고 하는 파리지앵들의 슈퍼 바캉스, 휴가기간이 다가오면 노사쟁의도 중단한다"는 프랑스의 바캉스 문화에 대한 새로운 접근과 연구가 필요해요.

　겨울에 얼어 죽는 사람보다 여름 더위로 사망하는 사람이 더 많다는 통계가 있어요. 그게 현실이죠. 어느새 우리나라는 아열대를 지나 열대기후로 진입한 느낌이에요. 혹한과 혹서가 다반사이며, 올 여름은 유난히 덥고요. 그래서죠. 프랑스의 바캉스 문화에 버금가는 새로운 여름 대책을 마련해야해요.

—2017.08.06

역사 지식의 역설

"이 세상에서 가장 재미없고 힘든 일이 뭔 줄 아세요? 정치경제학을 읽는 일이에요. 특히 당신이 쓴 정치경제학. 그러니 걱정하지 말아요. 저들(경찰)은 당신이 쓴 정치경제학을 읽지 않을 거예요."

위로의 말치곤 참 얄궂네요. 막 탈고한 《자본론》을 경찰에 빼앗긴 뒤 아내 예나가 남편 마르크스에게 해준 말이에요. 아내의 말을 가만히 듣고 있던 마르크스가 한마디 하죠.

"그런데 말이오. 정치경제학을 읽는 것보다 더 힘든 일이 뭔 줄 아시오? 그건 바로 정치경제학을 쓰는 일이라오."

하워드 진Howard Zinn 선생이 《마르크스, 뉴욕에 가다》하워드 진 지음, 당대 출간에서 시도했던 것처럼 마르크스 부부의 대화를 내 맘대로 각색해봤어요. 아무러나 마르크스도 그의 아내 예나도 《자본론》

을 읽을 사람은 그리 많지 않을 거라 생각했던 모양이에요. 그러나 그들의 예측은 빗나갔죠.

마르크스는 자본주의자들도 《자본론》을 읽을 것이라는 사실을 깨닫지 못했어요. 처음에는 소수의 추종자들만 그의 예지를 진지하게 받아들이고 그의 글을 읽었지만 그 사회주의 선동가들이 지지 세력을 갖게 되고 힘을 얻자 자본주의자들은 초긴장했죠. 그래서 그들도 《자본론》을 정독했고, 마르크스주의적 분석 도구와 통찰을 여럿 차용했겠죠.

19세기 중엽 카를 마르크스는 탁월한 경제적 통찰에 이르렀어요. 그 통찰에 기반해 그는 프롤레타리아 계급과 자본가 계급 사이의 폭력적 갈등이 점점 증가할 것이고, 결국 프롤레타리아 계급이 승리해 자본주의 체제가 붕괴할 거라고 예측했지요. 그는 혁명이 산업혁명의 선봉에 선 영국, 프랑스, 미국 같은 나라에서 시작할 것이고, 그런 다음 다른 나라들로 확산될 거라고 확신했어요.

사람들은 마르크스주의자들의 진단을 받아들이면서 이에 따라 행동도 바꾸었어요. 영국과 프랑스 같은 나라의 자본가들은 노동자의 처지를 개선하고, 민족의식을 고취시키고, 국민을 정치체제 안으로 통합하려고 시도했고요. 그 결과 노동자들이 선거에 나가 투표하기 시작하고 노동당이 여러 나라에서 잇달아 권력을 잡았지만, 자본주의자들은 여전히 안심하고 숙면을 취할 수 있었죠. 결과적으로 마르크스의 예측은 완전히 빗나갔네요. 공산주의 혁명은 영국, 프랑스, 미국 같은 산업 강국을 집어삼키지 못했고, 프롤레타리아

독재는 역사의 쓰레기통에 처박혔으니까요.

바로 그 부분 역사학자 하워든 진의 진단은 통렬하죠.

"자본주의의 패망을 예측한 마르크스가 한 가지 간과한 것이
있다. 자본주의는 그 자체 모순으로 망할 수도 있지만, 스스로
자기모순을 극복하는 방향으로 진화한다는 사실 말이다."

이것이 역사 지식의 역설이에요.

역사는 이른바 2단계 카오스에요. 카오스계에는 두 종류가 있죠.
1단계 카오스는 자신에 대한 예언에 반응을 하지 않는 카오스에요.
가령, 날씨는 1단계 카오스죠. 2단계 카오스는 스스로에 대한 예측
에 반응하는 카오스에요. 그러므로 정확한 예측이 불가능하죠. 시
장이 그런 예고요. 참고, 유발 하라리,《사피엔스》, 김영사 출간 날씨 같은 복
잡한 시스템은 우리의 예측에 아랑곳하지 않아요. 반면 인간의 발
전 과정은 우리의 예측에 반응하죠. 예측이 훌륭할수록 더 많은 반
응을 유발하고요. 지식이 축적될수록 예측은 어려워지는 거죠.

"예상 가능한 혁명은 결코 일어나지 않는다."

"그러면 왜 역사를 연구하는가? 물리학이나 경제학과 달리
역사는 예측하는 수단이 아니다. 역사를 연구하는 것은 미래를
알기 위해서가 아니라 우리의 지평을 넓히기 위해서다."유발 하
라리,《사피엔스》342쪽

"역사공부의 목표는 과거라는 손아귀에서 벗어나는 것이다. 역사공부는 우리에게 어떤 선택을 하라고 알려주지 않지만, 적어도 더 많은 선택의 여지를 제공한다."(유발 하라리, 《호모 데우스》같은 책, 92쪽

"우리는 앞으로 나아가야 하지만 늘 뒤를 돌아본다." 철학자 키에르케고르의 말이에요. 여기서 뒤란 과거이자 역사겠죠. 거기 미래의 모습이 담겨 있어서 보는 것이 아니에요. 미래를 예측하기 위해 과거를 보는 것이 아니라 지평을 넓혀 이전보다 풍부한 선택지를 상상하려는 것이죠. 마르크스의 예측은 빗나갔지만 그는 우리에게 다양한 상상력의 날개를 달아줬어요. 덕분에 지금 우리는 보다 넓고 높은 세상을 향해 날아오를 수 있게 됐고요.

—2017.07.30

파킨슨의 법칙과
공무원 증원

대학입시에서 고배를 마신 조카는 공시생으로 변신해 이듬해 국가직 교정공무원 시험에 합격했어요. 그런데 어인 일인지 1년이 지나도 임용통보가 오지 않았어요. 그새 조카는 다시 국가행정직 시험을 봤고, 합격했죠. 작년 초의 일이에요. 그러나 합격한지 1년이 넘은 지금껏 임용소식이 들리지 않네요. 그 어렵다는 공무원시험에 연거푸 합격하고도 근 3년을 백수로 사는 셈이죠. 의아하고 의심스러워요. 과연 국가는 늘어나는 업무량 때문에 공무원을 충원하고 있는 건지, 아니면 업무량과 상관없이 관습적으로 공무원 수만 늘리는 건지. 조카의 경우를 보면 아무래도 후자 쪽인 것 같아요. 이른바 파킨슨의 법칙이 작동하고 있는 것이죠.

파킨슨의 법칙이란 업무수요와 상관없이 공조직은 나날이 비대해지는 관성이 있다는 법칙이에요. 《파킨슨의 법칙 : 확장의 추구 Parkinson's law : The Pursuit of Progress》에서 파킨슨C. Northcote Parkinson은 자신이 영국 해군 복무 시절 겪은 다양한 경험에서 터득한 법칙 두 가지를 제시했죠.

첫 번째는 위원회, 내각, 기타 정부기관 등 관료조직이 당초 설립 취지나 업무량 변동 여부와 무관하게 점차 비대해진다는 것이죠. 그의 관찰에 따르면, 영국 관료조직에 고용된 인력규모가 업무량의 변화와 무관하게 매년 5~7%씩 커졌다고 해요.

두 번째는 영국 관료조직의 예산지출이 업무량이 늘지 않아도 예산수입을 소진할 때까지 증가한다는 것이었어요. 당해 연도 예산지출이 연도 후반기에 집중되고 연말로 갈수록 지출속도가 빨라지는 것은 영국 관료조직에 국한되지 않고 보편적으로 나타나는 현상이에요. 사용하지 못한 예산은 예산계획 부실 또는 차기 연도 예산 감축을 의미하기 때문이죠.

파킨슨의 법칙이 주는 교훈은 개인이나 조직의 생산성 제고를 위해서는 자유방임보다 일정 정도의 제약이 바람직하다는 사실이에요. 예컨대, 정해진 업무는 그에 적합한 최적의 시간과 자원을 배정함으로써 훨씬 더 효과적으로 수행될 수 있다는 것이죠.

전라도의 모 지자체는 몇 년 사이 인구가 절반으로 줄었는데도 공무원 수는 두 배 가까이 늘어났다고 해요. 파킨슨의 법칙의 예죠.

문재인정부는 출범과 동시에 공무원 수 늘리기에 나섰네요. 소방직, 사회복지직 등 충원이 시급한 현장인력을 늘리겠다는 건데 얼핏 수긍이 가면서도 우려가 크네요. 정년이 보장되는 공무원은 한번 뽑으면 최소 3, 40년 근무하게 되죠. 예산부담이 커지는 거죠.

제언하건대, 무작정 수를 늘리기보다 직렬전환 등의 인력조정이 필요해요. 남아도는 행정직을 업무량이 폭증하는 사회복지직으로 직렬전환을 유도하고, 신규 공무원도 행정직보다 소방직, 사서직 등을 더 뽑아야 해요.

—2017.08.07

다시 읽는 조선 패망사

조선은 두 번 망했습니다. 선조 때 한 번 망하고, 고종 때 또 망했으니까요. 그리고 지금 대한민국은 어쩌면 세 번째 패망의 길로 치닫고 있는지 모르겠어요.

임진왜란 때 임금은 백성과 도성을 버리고 도망쳤어요. 목적지는 요동이었지요. 조선의 왕을 포기하고 명나라의 제후가 되어 속 편하게 살기로 작정했던 것이죠. 왕의 안중엔 백성도 나라도 없었으니, 그게 망한 것 아니고 무엇인가요.

백성의 절반 이상은 왜군이 되어 도망친 왕을 좇았어요. 어찌된 일인가 싶고 믿기지 않지만 그럴 만도 해요. 양반은 군역을 면제받았고, 상민들만 군역 대신 군포를 내야 했어요. 대지주인 양반이나 코딱지만 한 땅으로 생계를 이어가던 상민이나 같은 세금을 내야

했고요.

망한 조선을 일으킨 건 류성룡이었어요. 도망가는 임금을 만류했고, 노비는 군역을 치르면 면천해주기로 했고, 양반에게도 군역을 치르게 했으며, 작미법대동법을 시행해 경작면적에 따른 차등 조세제를 도입했지요.

돌아선 민심을 겨우 수습하면서 희망의 불씨를 살렸어요. 전쟁이 끝난 뒤 그는 공로를 인정받았을까요? 귀향을 가야 했고, 불합리한 조세제도는 원래대로, 더 극심한 불평등 구조3정 문란로 돌아갔지요. 낙심한 이순신은 자살설을 남기며 전사했고요.

30년 뒤 후금의 침략을 받았지요. 이번에도 임금은 남한산성으로 도망갔고요. 그러나 얼마 버티지 못했지요. 결국 임금은 적장 앞에 나가서 땅에 이마를 찧으며 절해야 했고 소현세자와 숱한 여인네들은 인질로, 노예로 끌려가야 했어요.

1864년 조선에선 고종이 왕이 되었지요. 44년간 권좌에 있었고 결국 망했죠. 3년 뒤 일본에선 대정봉환으로 메이지가 권좌에 올랐네요. 이후 45년간 재임했고요. 고종은 조선을 두 번째 패망의 길로 이끌었고, 메이지는 도요토미 히데요시가 실패했던 조선정벌에 성공했죠.

이덕일의 《칼날 위의 역사》이덕일 지음, 인문서원 출간를 아프게 읽었어요. 역사책을 읽으며 이토록 슬프고 울화가 치밀었던 적이 없어요. 더 답답한 건 책 내용이 결코 과거의 얘기이기만 한 게 아니라는 사실이죠.

　이명박근혜정부의 고위층은 자신과 자녀의 군역을 스스로 면제했어요. 가진 자나 못 가진 자나 같은 세금, 아니 못 가진 자가 더 많은 세부담을 지고 있고요. 계급제가 없다고 하지만 금수저론, 흙수저론이 횡행하는 걸 보면 꼭 그렇기만 한 것도 아닌 듯하고요.

　《칼날 위의 역사》의 저자 이덕일은 말하지요. 일제강점기 독립군이 총 한 자루를 구하기 위해 얼마나 고생했는지를 생각한다면, 지금의 우리 군이 그 독립군의 정신을 털끝만큼이라도 계승했다면, 적어도 방산비리 따위는 없었을 거라고. 절절하게 와 닿는 얘기네요. 뼈저리게 새겨들어야 할 고언이고요.

PS. 1년 전 이맘때 썼던 글을 다시 올리네요.

—2017. 02. 05

시진핑 집권내막과 향후 과제

덩샤오핑의 개혁개방 기조가 힘을 발휘하면서 줄곧 성장가도를 달리던 중국경제가 조정국면을 맞고 있습니다. 경제뿐만 아니지요. 그간 내연했던 정치사회적 문제가 폭발조짐을 보이기도 하네요. 집권 후 확실하게 권력기반을 다져 온 시진핑은 새로운 도전에 직면했어요. 과연 중국은 어디로 가고 있을까요.

지금 "중국의 최대 리스크는 지나치게 강력해진 시진핑"이라는 주장이 나오기도 하죠. 그도 그럴 것이 그의 반부패 개혁 드라이브가 전통의 집단지도체제를 와해하면서 체제 불안을 야기했거든요.

시진핑의 집권과 권력 강화의 이면에는 보이지 않는 힘이 작용했으며 어느 정도 운이 따르기도 했어요. 강력한 라이벌이자 실력자였던 리커창을 밀어내고 총서기를 꿰찬 것부터가 그렇고요. 후진타오와 장쩌민 간의 권력 투쟁과 타협의 산물이 시진핑 총서기 탄생의 비화이지요.

후진타오는 일찍이 공청단 후배 리커창을 차기 총서기로 밀었었죠. 그러나 후진타오 집권 10년 동안 여전히 권력을 놓지 않았던 '상왕' 장쩌민이 반대하면서 리커창의 총서기 등극은 물거품이 되고 말았어요. 타협의 산물이 시진핑이죠. 집권 초 시진핑의 권력기반은 허약하고 불안할 수밖에 없었던 거죠.

와중에 보시라이 스캔들과 저우융캉周永康, 쉬차이허우徐才厚, 링지화令計劃 등의 쿠데타 음모(음모라고 발표한 것이 음모일 수도)가 드러나면서 시진핑의 권력기반은 공고해졌어요. 우연히 드러난 듯 보였던 보시라이 스캔들은, 실은 예리한 권력암투의 발톱을 숨기고 있었던 거죠. 권력싸움의 주체는 응당 구권력 장쩌민과 그의 추종자들이 시진핑을 끌어내리고 야심가 보시라이를 내세워 자신들의 권력을 유지하려는 것이었어요. 거기 후진타오와 장쩌민 간의 구원도 한 축을 형성했고요.

전모는 이래요. 톈안먼 민주화운동 이후 급거 중앙정치무대에 서게 된 상하이 서기 출신의 장쩌민은 부득불 자파세력을 키울 필요가 있었어요. 그렇게 키운 것이 차기 후계 내정자 천량위上海市 당서기와 군부군사위 부주석의 쉬차이허우, 정부국가 부주석의 쩡칭훙, 정법위사법, 검찰, 경찰의 저우융캉 등이었어요. 이들은 후진타오 집권 10년 동안 지속적으로 후진타오를 흔들었지요. 그에 맞선 후진타오는 공청단 후배 리커창을 내세워 자신의 후계로 삼을 심산이었고요.

좀 더 앞으로 가볼까요. 한때 모든 것을 쥔 것 같았던 장쩌민이

넘을 수 없는 벽이 딱 하나 있었죠. 덩샤오핑의 유언이었지요. 덩샤오핑은 임종 직전 당간부들을 '301호 병원'에 불러 모은 뒤 모두가 보는 앞에서 후진타오의 손을 잡으며 유언했어요.

"후진타오 동지, 우리나라의 미래를 맡아주시오."

결국 후진타오가 총서기에 올랐지요. 그러나 장쩌민은 권력을 놓지 않고 상왕노릇을 지속했고, 10년 후 후진타오의 후계문제가 불거지자 '후'와 '장'의 내연하던 갈등이 폭발했고, 그 결과가 시진핑이었던 거죠.

다시 뒤로 가볼게요. 시진핑 집권 초기에 보시라이 스캔들이 터졌잖아요. 위기의식을 느낀 장쩌민의 사람들은 다급해졌죠. 가만히 있다가는 시진핑의 '정충설계_{저항세력을 제거하고 개혁을 일사불란하게 진행하기 위해 중앙정부의 권력을 강화하는 정책}'에 당할 것이 뻔한 상황이었으니까요. 급기야 쿠데타를 기도하기에 이른 거죠.

230만 군부_{쉬차이허우}와 200만 공안_{저우융캉}, 거기에 후진타오의 비서실장 링지화의 정보력까지 가세했으니_{보시라이 스캔들의 도화선이 된 왕리쥔의 '홍선전화' 도청에 협조} 가히 엄청난 세력의 준동이 야기될 판이었어요. 그러나 시진핑의 대처는 기민했죠. 이미 모든 것을 파악하고 있었던 것이죠.

이 대목에서 시진핑의 말을 되새길 필요가 있어요. 뚱뚱하고 어수룩하며 사람 좋게만 보이던 그에게서 전혀 다른 면모를 발견하게 하는 말이거든요. 그의 내공은 결코 만만치 않았던 것이죠.

"나는 세 단계로 권력을 잡을 거야. 먼저 장쩌민의 힘을 이용해서 후진타오를 '완전은퇴'로 몰아넣어야 해. 그리고 그가 휘두르는 복수의 칼날이 장쩌민을 치게 만들어야지. 마지막으로 우리 훙얼다이 동지들과 새로운 국가를 건설해 나가는 거야."

그의 3단계 전략은 적중했죠. 그리고 그는 어느새 후진타오가 10년 동안 공을 들이고도 이루지 못한 '1인 천하'를 불과 2년 만에 이루었던 거죠. 그러나 그의 앞날이 꼭 장밋빛이기만 한 것은 아니에요. 지금 그에게는 새로운 도전, 어떤 의미에선 보다 본질적인 도전이 기다리고 있으니까요.

1. 비대해진 데다 숱한 당간부들과의 이해관계로 얽혀 있는 국유기업은 어떻게 개혁할 것인가.

2. 과연 기득권층에 메스를 들이댈 수 있을 것인가.

3. 자신과 출신성분이 같은 어떤 의미에선 최대의 정치기반이라 할 수 있는 훙얼다이(혁명 2세대)를 내칠 수 있을 것인가.

4. 빈부격차의 해소는 가능한가.

5. 성장률 둔화에 따른 불만의 화살을 어떻게 피할 것인가.

6. 아직도 남아있는 군부와 공안 내의 불만세력장쩌민 잔존세력의 저항 혹은 암살 기도는 피할 수 있을 것인가.

7. 양안문제, 소수민족문제의 해결책은 무엇인가.

8. 안팎의 민주화 요구는 어떻게 수용할 것인가.

—2017.02.06

일제에 저항하며 독립운동에 투신한 민족지사들이 상해에 임시정부를 세웠습니다. 국호는 대한민국이고, 건국일은 1919년 4월 13일이었습니다. 광복 이후 친일재력가들과 이승만이 결탁해 남한 단독정부를 수립했습니다. 1948년 8월 15일이었죠. 건국일 관련 논란이 빚어질 이유가 없습니다. 대한민국의 건국일은 4월 13일입니다.

해방정국은 친일행각으로 재력을 쌓은 세력이 주도했습니다. 그들에게 김구 등 임정 인사들은 부담스런 존재였죠. 그들의 이해에 부합하는 인물은 따로 있었어요. 이승만이었죠. 이유는 크게 세 가지 정도였습니다.

첫째, 딴엔 임정 주석을 역임한 인물(주석 안 시켜준다고 생떼를 부렸다는 얘기가 있다)이니 명분이 그럴싸하죠. 권력욕에 사로잡혔다는 것도 맞춤하고요. 둘째, 동포들이 노예노동으로 모아 준 독립군자금을 개인적으로 유용할 만큼 파렴치한 인물이죠. 돈에 약하다는 얘기겠고요. 셋째, 남한의 실질적인 지배세력인 미군정을 등에 업은 인물이죠. 미국 유학파였으니까요.

반면, 김구는 임시정부 주석 자격이 아닌 개인 자격으로 귀국해야 했습니다. 국내정치를 장악한 친일세력의 농간이었죠. 더구나 김구는 남한 단독정부 수립을 반대했지요. 친일파에겐 눈엣가시였을 테고, 결국 암살당하게 되죠. 구심점을 잃은 임정 인사들은 뿔뿔이 흩어질 수밖에 없었고요.

결국 미군정과 이승만을 등에 업은 친일세력이 주도해 남한 단독정부를 수립했지요. 그게 1948년 8월 15일이었고요. 일제의 구악을 그대로 계승한 정부였던 거죠. 딴엔 민심을 달랜다고 '반민특위'를 설치했지만, 본격 활동을 하기도 전에 해체해 버렸고요(박근혜정부가 세월호 특조위를 다루는 방식이 그와 흡사했다).

걸림돌이 제거되자 친일잔당들은 곧바로 마각을 드러냈어요. 친일행각으로 벌어들인 돈으로 본격 금권정치를 시작했고, 사학 설립/운영으로 정신을 장악했으며, 그 외 각 분야에서도 독점체제를 구축했지요.

친일파가 쳐놓은 촘촘한 그물에 걸린 대한민국은 반세기가 지나도록 진정한 의미의 독립은커녕 그들 권력유지의 주요 수단인 분단만 고착화해버렸어요. 그러고선 천연덕스럽게 "통일은 대박"이라는 말을 만들기도 했고요. 바꿔 말하면 그들에게 '대박을 안겨주지 않는다면 통일은 없다'는 의미였겠죠.

민주정부는 응당 상해 임정을 계승한 정권임을 만천하에 천명해야 합니다. 그게 곧 맞게 될 건국 100주년을 제대로 기념하는 첫걸음이고요.

—2017.08.15

동사의 삶

초판 1쇄 발행　2017년 10월 25일
초판 2쇄 발행　2017년 11월 05일

글쓴이　　　최준영

펴낸이　　　김왕기
주　간　　　맹한승
편집부　　　원선화, 이민형, 김한솔, 조민수
마케팅　　　임동건
디자인　　　푸른영토 디자인실

펴낸곳　　　**(주)푸른영토**
　　　　　　주소　　　경기도 고양시 일산동구 장항동 865 코오롱레이크폴리스1차 A동 908호
　　　　　　전화　　　(대표)031-925-2327, 070-7477-0386~9　　팩스 | 031-925-2328
　　　　　　등록번호　제2005-24호.(2005년 4월 15일)
　　　　　　홈페이지　www.blueterritory.com
　　　　　　전자우편　designkwk@me.com

ISBN 979-11-88292-34-9　03810